U0692930

四部要籍選刊·集部　蔣鵬翔　主編

清養素堂藏版

文心雕龍

〔南朝梁〕劉勰　撰
〔清〕黄叔琳　輯注

浙江大學出版社

傳古樓據上海圖書館藏清乾隆六年黄氏養素堂刻本影印原書框高一五九毫米寬一一三毫米

出版説明

《文心雕龍》十卷，梁劉勰撰，清黄叔琳輯注，據上海圖書館藏清乾隆六年養素堂刻本影印。

劉勰，字彦和，祖籍東莞郡莒县（今山東莒縣），永嘉之亂時，其祖先南奔渡江，從此世居京口（今江蘇鎮江）。彦和《梁書》《南史》皆有傳，而前者稍詳，楊明照曾撰《梁書劉勰傳箋注》[一]細加考辨，今據楊《注》撮述其生平如左。

彦和約生於宋明帝泰始二、三年（公元四六六至四六七）間，卒於梁武帝大同四年或五年（公元五三八至五三九）。其祖父劉靈真無事跡可考，其父劉尚只做過越騎校尉的官，在『世重高門，人輕寒族』的南朝都不算貴顯，而彦和又是早孤，生活自然更加窘迫，故本傳稱其『家貧不婚娶』，但楊《注》認爲所以不娶，是因其信佛，而非緣於家貧或當時的門閥制度。

彦和『篤志好學』，入定林寺（故址在今南京市紫金山）『依沙門僧祐，與之居處積十餘年，遂博通經論，因區別部類，錄而序之。今定林寺經藏，勰所定也』。可以想見其在爲僧祐編定經藏的同時，自身的學識也因爲廟宇中豐富的藏書而得到了極大的提高。

梁天監初，彥和『起家奉朝請』，是爲其入仕之始。天監三年以後，受彥和在文學上的美名影響，中軍臨川王蕭宏『引兼記室』，專掌文翰。天監七年至八年，梁武帝敕僧旻等在定林寺纘《衆經要抄》八十八卷，彥和曾參與斯役。此後歷任車騎倉曹參軍、太末（今浙江衢州）令、仁威南康王蕭績之記室，至『兼東宫通事舍人』，後世因以『舍人』稱之，其與太子蕭統的交往也大約始於此時。厥後又因陳表言二郊農社宜與七廟饗薦同改用蔬果，『遷步兵校尉，兼舍人如故』。直到中大通三年，『太子（蕭統）薨，新宫建，舊人例無停者』，彥和乃受敕『與慧震沙門於定林寺撰經』。『證功畢，遂啟求出家，先燔鬢髮以自誓，敕許之，乃於寺變服，改名慧地』，出家後不到一年也去世了。本傳稱其『文集行於世』，但不載於《隋志》，很可能唐初已佚，流傳下來的只有遺文兩篇（《滅惑論》《梁建安王造剡山石城寺石像碑》）與著作一部（《文心雕龍》）。

彥和生平，所值得注意者有三：首先，他受儒、釋二道影響極深，也對二者均懷有堅定的信仰。《文心雕龍》以《原道》《徵聖》《宗經》三篇籠罩全書，又於《序志》篇云『齒在踰立，則嘗夜夢執丹漆之禮器，隨仲尼而南行。……自生人以來，未有如夫子者也』，是崇儒之證。他一生先後經歷定經、抄經、撰經三件大事，『爲文長於佛理，京師寺塔及名僧碑誌』必請其製文，並因上表言二郊農社改用蔬果事而遷步兵校尉，更在晚年燔鬢髮以自誓出家，是信佛之跡。南朝士人兼言儒釋蔚爲風氣，但像彦和這樣用心虔誠而俱臻絶詣者仍是極罕見的。其次，他在撰作上有相當的自信與雄心，如《序志》篇云『唯文章之用，實經典枝條，五禮資之以成，六典因之致用，君臣所以炳煥，軍國所以昭明』，足見其志。《文心雕龍》撰成後，本傳云『未爲時流所稱。勰自重其文，欲取定於沈約。約時貴盛，無由自達。乃負其書候約出，干之於車前，狀若貨鬻者。約便命取讀，大重之，謂爲深得文理，常陳諸几案』，所述尤爲生動。再者，他與蕭統交好，本傳云：『昭明太子好文學，深愛接之。』彦和任東宫通事舍人時間既久，至太子薨後才自誓出家，也從側面印證了這段情誼。考慮到《文心雕龍》與《文選》交相輝映的文學史地位，兩人交往的歷史意義恐怕不遜於唐之李杜。儘管《文選》在編選旨趣上究竟受《文心雕龍》的影響至何種程度，仍然存在争議，但這段交往的研究價值是顯而易見的。

根據楊《注》推考，《文心雕龍》當成書於齊永泰元年七月以後，中興二年三月以前，前後相距將及四載，最終定稿於和帝之世（此後可能仍有少量修改）。或以爲成於梁代，則未足憑信。書名『文心雕龍』，作者自解曰：『夫文心者，言爲文之用心也。昔涓子琴心，王孫巧心，心哉美矣，故用之焉。古來文章，以雕縟成體，豈取騶奭之羣言雕龍也。』（《序志》篇語）。因爲對『豈』字理解不一，有學者認爲這是表示與戰國時騶奭所代表的的修飾文辭追求美感的風格劃清界限，但周勛初《〈文心雕龍〉書名辨》予以辯駁，指出二者均是正面立説，既强調『爲文之用心』，即構思，也强調『羣言之雕龍』，即美文，其間並無明確的主從關係。

《文心雕龍》全書分五十篇，除最末的《序志》爲全書序例，自述撰著動機、宗旨，及全書結構外，其餘四十九篇都是分别討論作文的宏觀、微觀諸問題。陳正宏師所撰《文心雕龍提要》將之分爲四大類：自《原道》至《辨騷》凡五篇，係『文之總論』；自《明詩》至《諧隱》凡十篇，係『文體論』中論有韻之『文』者；自《史傳》至《書記》凡十篇，係『文體論』中論無韻之『筆』者；自《神思》至《物色》凡二十篇，係『文術論』；自《時序》至《程器》凡四篇，係『批評論』。全書不過三萬七千餘字，其框架卻幾乎涵蓋了傳統的文章學的所有方面，『體大思精』，良非過譽。至於其文筆之美妙，則如范文瀾《中國通史簡編》所言：『全書用駢文來表達緻密繁富的論點，婉轉自如，意無不達，似乎比散文還要流暢，駢文高妙至此，可謂登峰造極。』這部誕生於文學自覺時代的理論與形式完美統一的作品，不僅代表著當時學術著述的最高成就，對後世霑溉之深遠也是無與倫比的。

《文心雕龍》現存最早的版本爲唐鈔殘卷，係於清光緒二十五年在敦煌鳴沙山千佛洞第二八八號石窟被發現的，光緒三十三年被斯坦因竊去，今藏英國倫敦博物館之東方圖書室。現存内容自《原道》篇贊『龍圖獻體』之『體』字起，至《諧讔》第十五篇名止。楊明照推測鈔於玄宗以後，林其錟則認爲也有可能出自初唐人手。刻本方面，明錢允治有跋云：『（《文心雕龍》）此書至正乙未刻于嘉禾，弘治甲子刻于吴門，嘉靖庚子刻于新安，辛卯刻于建安，癸卯又刻于新安，萬曆己酉刻于南昌，至《隱秀》一篇，均之闕如也。余從阮華山得宋本鈔補，始爲完書。』這個所謂宋本今不知下落，但後人（如紀昀）多有懷疑，據楊明照《〈文心雕龍·隱秀篇〉補文質疑》考證，大概是明人作僞之書。真正可靠的傳世最早的單行刻本，是上海圖書館所藏元至正十五年嘉興郡學刊本。明刻本中，影響較大者有弘治十七年馮允中本、嘉靖十九年汪一元本、萬曆七年張之象本（《四部叢刊》所收題爲嘉靖本者實爲張之象本初刻）、萬曆三十七年王惟儉訓故本、萬曆三十七年梅慶生音注本，清刻本中，影響較大者有乾隆六年養素堂刊黄叔琳輯注本與光緒十九年思賢講舍重刻紀評本。至於覆刻、校訂、重修本則指不勝屈，詳見楊明照《增訂文心雕龍校注》『附録·版本篇』。

黄叔琳（一六七二至一七五六），字崑圃，號北硯齋，曾督導山東學政，歷任江南鄉試正考官、浙江巡撫、山東布政使等職，以文學、政事受知於康雍乾三朝，世居順天府大興李鐵拐巷，著有《硯北易鈔》《詩統説》《周禮節訓》《夏小正注》《史通訓故補》《硯北雜録》《硯北叢鈔》等書。〔三〕他輯注的《文心雕龍》『刊誤正譌，徵事數典，皆優於王氏訓故、梅氏音注遠甚』，清顧鎮《黄崑圃先生年譜》謂輯注纂於雍正九年，因舊本流傳既久，音注多譌，暇日繙閲，隨手訓釋，一校於吴趨文學顧尊光進，再校於錢塘孝廉金雨叔甡，至乾隆三年，又與陳祖範論定之，而雲間姚平山培謙始請付梓，[三]可見確實是經過精心整理才得以成書。

當然，黄氏輯注本也有未愜人意的地方。其校語所謂元作某者，多沿用梅氏音注本，並非親覩元刻。其《隱秀篇》之脱文係據何義門校本補入，也被證明不可信。紀昀《文心雕龍輯注批語》云：『此書校本，實出先生，其注及評則先生客某甲所爲。先生時爲山東布政使，案牘紛繁，未暇徧閲，遂以付之姚平山。晚年悔之，已不可及矣。』張孟劬《明正德仿元本文心雕龍書題》云：『黄注行世最廣，而敷析淵旨，多未洞徹，考證疏舛，亦似稗販，蓋猶未脱明季注家結習，然視浦釋《史通》則雅潔矣。』[四]儘管不乏物議，但作爲『清中葉以來最通行之本』，黄氏輯注本較明代諸刻後來居上，影響實極深遠，故近人范文瀾、楊明照新撰校注皆以之爲基礎。今天研治『龍學』，也仍有精讀此本的必要。

最後需要説明的是，黄氏輯注本流傳甚廣，楊明照即歎曰『嗣後覆刻甚多，其佳者幾於亂真』，而此次影印的底本是養素堂初刻本，不僅刻印清晰，其文字也多有異於後來的遞修本，如初刻本凡例爲五則，遞修本則增爲六則，所補一則云：『升庵批點但標辭藻而略其論文之大旨。今於其論文大旨處提要鉤元，用○○於其辭藻纖穠新雋處，或全句或連字，用、、於其區別名目處，用△△以志精擇。』初刻本有這些圈點符號而無此凡例説明，故遞修本續加解釋，俾讀者知其用意。可見舊籍雖以初刻爲貴，但先後印本的差異也往往關係文義匪淺，不容等閒視之。版本之學，豈易言哉，贅言於末，聊自警耳。

二〇一八年九月十七日　蔣鵬翔撰於湖南大學嶽麓書院

注

〔一〕見《增訂文心雕龍校注》卷首。楊明照《增訂文心雕龍校注》，中華書局二〇〇〇年版。

〔二〕劉仲華《清代三位著名的京籍藏書家》，《北京史學論叢（2014）》二〇一五年。

〔三〕據《增訂文心雕龍校注》『附録・版本篇』移録。

〔四〕據《增訂文心雕龍校注》『附録・序跋篇』移録。

目録

卷十

文心雕龍輯註

養素堂藏板

劉舍人文心雕龍一書蓋藝苑之秘寶也觀其苞羅羣籍多所折衷於凡文章利病抉摘靡遺綴文之士苟欲希風前秀未有可舍此而别求津逮者若其使事遣言紛綸葳蕤罕能切究明代梅子庚氏爲之疏通證明什僅四三耳畧而弗詳則刱始之難也又句字相沿既久别風淮雨往往有之雖子庚自謂挍正之功五倍於楊用修氏然中間脱訛故自不乏似猶未得爲完善之本余生平雅好是書偶以暇日承子庚之綿蕞旁稽博攷益以友

朋見聞兼用衆本比對正其句字人事牽率更歷暑寒乃得就緒覆閱之下差覺詳盡矣適雲間姚子平山來藩署因共商付梓方今

文治盛隆度越先古海内操奇觚弄柔翰者咸有騰聲飛實之思竊以為劉氏之緒言餘論乃斯文之體要存焉不可一日廢也夫文之用在心誠能得劉氏之用心因得為文之用心于以發聖典之菁英為

熙朝之黼黻則是書方將為魚兎之筌蹄而又况

於瑣瑣箋釋乎哉旹

乾隆三年歲次戊午秋九月北平黄叔琳書

例言 五條

黃叔琳崑圃述

一此書與顏氏家訓余均有節鈔本顏書已刻在前今此書仍録全文中加圈點則係節鈔之舊可一覽而得其要

一諸本字句互有異同擇其義之長者用之仍於本句下注明一作某或元作某字從某改或元脱從某補另刻元校姓氏一紙於卷首

一隱秀一篇脱落甚多諸家所刻俱非全文從何義門校正本補入

一梅子庚音注流傳已久而嫌其未備故重加攷訂增注什之五六尚有闕疑數處以俟來哲更詳之

一此書分上下二篇其中又自析為四十九篇合序志一篇篇共五十今依元本分十卷注釋例於每篇之末偶有臆見附於上方其叅考注之得失則顧子尊光金子雨叔張子實甫陳子亦韓姚子平山王子延之張子令涪及諸同學之力居多

文心雕龍元挍姓氏

楊　慎字用修　　焦　竑字弱侯

朱謀㙔字鬱儀　　曹學佺字能始

王一言字民法　　許天敘字伯倫

謝兆申字耳伯　　孫汝澄字無撓

徐　𤊹字興公　　沈天啓字生子

柳應芳字陳父　　俞安期字羨長

王嘉弼字青蓮　　王嘉丞字性凝

張振豪字儁度　　葉　遵字循甫

許延祖字無念　鍾惺字伯敬

商家梅字孟和　欽叔陽字愚公

龔方中字仲和　許延禫字無射

鄭湑驥字閑孟　陳陽和字道育

程嘉燧字孟陽　李漢烽字孔章

徐應魯字宗孔　曾光魯字古狂

孫良蔚字文若　來逢夏字景禹

王嘉賓字仲觀　後學儒字醇季

梅慶生字子庚

南史本傳

劉勰字彦和東莞莒人也父尚越騎校尉勰早孤篤志好學家貧不婚娶依沙門僧祐居遂博通經論因區别部類録而序之定林寺經藏勰所定也梁天監中兼東宫通事舍人時七廟饗薦已用蔬果而二郊農社猶有犧牲勰乃表言二郊宜與七廟同改詔付尚書議依勰所陳遷步兵校尉兼舍人如故深被昭明太子愛接初勰撰文心雕龍五十篇論古今文體其序畧云予齒在逾立嘗夜夢

執丹漆之禮器隨仲尼而南行寤而喜曰大哉聖人之難見也迺小子之垂夢歟自生靈以來未有如夫子者也敷讚聖旨莫若注經而馬鄭諸儒弘之已精就有深解未足立家唯文章之用實經典枝條五禮資之以成六典因之致用於是搦筆和墨乃始論文其爲文用四十九篇而已既成未為時流所稱勰欲取定於沈約無由自達乃負書候約於車前狀若貨鬻者約取讀大重之謂深得文理常陳諸几案勰為文長於佛理都下寺塔及名

僧碑誌必請勰製文敕與慧震沙門於定林寺撰經證功畢遂求出家先燔鬢髮自誓敕許之乃變服改名慧地云

文心雕龍目録

卷三

文心雕龍目録

文心雕龍卷第一

北平黃叔琳崑圃輯注

梁劉　勰撰

吳趨顧　進尊光
武林金　甡雨叔
參訂

原道第一

文之爲德也大矣與天地並生者何哉夫玄黃色雜方圓體分日月疊璧以垂麗天之象山川煥綺以鋪理地之形此蓋道之文也仰觀吐曜俯察含章高卑定位故兩儀既生矣惟人參之性靈所鍾

文心雕龍卷一

是謂三才爲五行之秀實天地之心一本實上有人字心下有生字心生而言立言立而文明自然之道也傍及萬品動植皆文龍鳳以藻繪呈瑞虎豹以炳蔚凝姿雲霞雕色有踰畫工之妙草木賁華無待錦匠之奇夫豈外飾蓋自然耳至於林籟結響調如竽瑟泉石激韻和若球鍠故形立則章成矣聲發則文生矣夫以無識之物鬱然有彩有心之器其無文歟人文之元肇自太極幽贊神明易象惟先庖犧畫其始仲尼翼其終而乾坤兩位獨制文言言之文也

解易者未發此義

天地之心哉、若迺河圖孕乎八卦、洛書韞乎九疇、玉版金鏤之實、丹文緑牒之華、誰其尸之、亦神理而已、自鳥迹代繩、文字始炳、炎皡遺事、紀在三墳、而年世渺邈、聲采靡追、唐虞文章、則煥乎始（馮本作為）盛、元首載歌、既發吟詠之志、益稷陳謨（元作謀楊改）、亦垂敷奏之風、夏后氏興、業峻鴻績、九序惟歌、勲德彌縟、逮及商周、文勝其質、雅頌所被、英華日新、文王患憂、繇辭炳曜、符采複隱、精義堅深、重以公旦多材、振（元作褥朱改）其徽烈、剬詩緝頌、斧藻羣言、至夫子繼聖、獨秀前哲、鎔鈞六經、必金聲而玉振、雕琢情性、組織辭令、木鐸起而千里應、席珍流而萬世響、寫天地之輝光。曉生民之耳目矣。爰自風姓、暨於孔氏玄（一作元）聖創典、素王述訓、莫不原道心以敷章（以敷一作裁文從御覽改）研神理而設教、取象乎河洛、問數乎蓍龜、觀天文以極變、察人文以成化、然後能經緯區宇、彌綸彝憲、發輝（疑作揮）事業、彪炳辭義、故知道沿聖以垂文、聖因文而明道、旁通而無滯（一作涯從御覽改）日用而不匱、易曰、鼓天下之動者（者字從御覽增）存乎辭、辭之所以能鼓天下者。廼道之文也。

贊曰

道心惟微、神理設教、光采玄聖、炳燿仁孝、龍圖獻體、龜書呈貌、天文斯觀、民胥以傚、

元黄〔易〕夫元黄者天地之雜也天元而地黄　方圓〔大戴禮記〕天道曰圓地道曰方　日月疊壁〔易坤靈圖〕至德之萌日月若聯璧　炳蔚〔易〕大人虎變其文炳也又曰君子豹變其文蔚也　庖犧畫其始〔易繫辭〕包犧氏之王天下也仰則觀象于天俯則觀法于地觀鳥獸之文與地之宜近取諸身遠取諸物於是始作八卦以通神明之德以類萬物之情　仲尼翼其終〔易通卦驗〕孔子作上彖下彖上象下象上繫下繫文言説卦序卦雜卦爲十翼　河圖〔易正義〕伏羲氏有天下龍馬負圖以出於河遂法之畫八卦　洛書〔周書洪範〕天乃錫禹洪範九疇〔注〕易言河出圖洛出書聖

人則之蓋治水功成洛龜呈瑞　玉版　王子年拾遺記帝堯在位聖德光洽河洛之濱得玉版方尺圖天地之形　丹文綠牒　宋書志序握河括地綠文赤字之書言之詳矣　鳥迹　許氏說文序黃帝之史蒼頡見鳥獸蹄迒之迹知分理之可相別異也初作書契　代繩　見徵聖篇彖夬註　三墳　書久亡元吳萊三墳辨三墳書近出僞書也世或傳大抵言伏羲本三墳而作連山神農本氣墳而作歸藏黃帝本形墳而作乾坤無卦爻有卦象文鄙而義陋與周官太卜所掌異焉　元首載歌　見章句篇

陳謨　書有益稷篇　九序惟歌　書大禹謨篇文　彌縟　王充論衡德彌盛者文彌縟　文王憂患　易傳夏商之末易道中微文王拘于羑里係以象辭易道復興　繇辭　繇音宙杜預左傳注繇卜兆辭也續文章緣起繇夏后作鑄鼎繇繇卜辭也　剬詩緝頌　剬韻會多官切整飭貌書周公居東二年乃爲詩以貽王名之曰鴟鴞王亦未敢誚公國語周公之爲頌曰思文后稷克配彼天　斧藻　揚子法言吾未見好斧藻其德若斧藻其楶者　鎔鈞　董仲舒傳猶泥之在鈞唯甄者之所爲猶金之在鎔唯冶者之所鑄顏師古曰鈞造瓦之法其中旋轉者鎔謂鑄器之模範也　千里應

〔易繫辭〕君子居其室出其言善則千里之外應之**席珍**〔禮記〕儒有席上之珍以待聘**風姓**〔史記〕伏羲氏以風爲姓**元聖**〔班固典引〕縣象闇而恒文乖彝倫斁而舊章闕故先命元聖使綴學立制注元聖孔子也**素王**〔拾遺記〕夫子未生時有麟吐玉書於闕里文云水精之子繼衰周而爲素王

徵聖第二

夫作者曰聖述者曰明陶鑄性情功在上哲夫子文章可得而聞則聖人之情見乎文辭矣先王聖化布在方冊夫子風采溢於格言是以遠稱唐世則煥乎爲盛近褒周代則郁哉可從此政化貴文之徵也鄭伯入陳以文〔一作立〕辭爲功宋置折俎以多

文（元作方孫改）舉禮此事蹟貴文之徵也褒美子產則云言以足志文以足言泛論君子則云情欲信辭欲巧此修身貴文之徵也然則志（元作忠謝改）足而言文情信而辭巧迺含章之玉牒秉文之金科矣夫鑒周日月妙極機（疑作幾）神文成規矩思合符契或簡言以達旨或博文以該情或明理以立體或隱義以藏用故春秋一字以褒貶喪服舉輕以包重此簡言以達旨也邠詩聯章以積句儒行縟說以繁辭此博文以該情也書契斷決以象夬文章昭晰以象

繁簡隱顯皆本乎經後來文家偏有所尚互相排擊殆未尋其源歟

離。此明理以立體也。四象精義以曲隱。五例微辭以婉晦。此隱義以藏用也。故知繁略殊形。隱顯異術。抑引隨時。變通會適。徵之周孔。則文有師矣。是以子（元脱揚補）政論文、必徵於聖、稚圭勸學、（四字元脱揚補）必宗於經、易稱辨物正言、斷辭則備、書云辭尚體要、弗惟好異、故知正言所以立辯、體要所以成辭、辭成無好異之尤、辯立有斷辭之義、雖精義曲隱、無傷其正言。微辭婉晦。不害其體要。體要與微辭偕通。正言共精義並用。聖人之文章亦可見也。顏闔以爲仲尼飾羽而畫徒（莊子作從）事華辭雖欲訾聖（訾字一作此言二字誤）弗可得已然則聖文之雅麗固銜華而佩實者也天道難聞猶或鑽仰文章可見胡寧勿思若徵聖立言則文其庶矣

贊曰

妙極生知睿哲惟宰精理爲文秀氣成采鑒懸日月辭富山海百齡影徂千載心在

文辭爲功（左傳鄭子産獻捷于晉晉人問陳之罪子産對之仲尼曰志有之言以足志文以足言晉爲伯鄭入陳非文辭不爲功愼辭哉）多文舉禮（左傳宋人享趙文子司馬置折俎禮也仲尼使舉是禮也以爲多文辭注舉謂記錄之也）情

欲信辭欲巧禮記表記篇文玉牒左思吳都賦玉牒石記注玉牒石記皆典策類也金科揚雄劇秦美新金科玉條注謂法令也言金玉侈辭也幾神易惟幾也故能成天下之務惟神也故不疾而速不行而至褒貶杜預春秋序春秋以一字爲褒貶喪服舉輕包重如舉緦不祭則重於緦之服其不祭不言可知舉小功不稅則重於小功者其稅可知皆語約而義該也邠詩詩傳周成王立年幼不能蒞阼周公以冢宰攝政乃述后稷公劉之化作詩以戒謂之豳風儒行禮記儒行篇哀公問曰敢問儒行孔子曰遽數之不能終其物悉數之乃留更僕未可終也象夬易繫辭上古結繩而治後世聖人易之以書契百官以治萬民以察蓋取諸夬象離易離麗也日月麗乎天百穀草木麗乎土重明以麗乎正乃化成天下項安世曰日月麗乎天而成明百穀草木麗乎土而成文故離爲文又爲明四象易繫辭易有四象所以示也朱子本義四象謂陰陽老少五例春秋序爲例之情有五一曰微而顯二曰志而晦三曰婉而成章四曰盡而不污五曰懲惡而勸善子政漢書劉向字子政稚圭漢書匡衡字稚圭成帝即位上疏勸經學顏闔莊子哀公問於顏闔曰吾以仲尼爲貞幹國其有瘳乎曰仲尼

方且飾羽而畫從事華辭夫何足以上民

宗經第三

三極彝訓其書言經經也者恒久之至道不刊之鴻教也故象天地效鬼神參物序制人紀洞性靈之奧區極文章之骨髓者也皇世三墳帝代五典重以八索申以九邱歲歷綿曖條流紛糅自夫子刪述而大寶咸一作啓耀於是易張十翼書標七觀詩列四始禮正五經春秋五例義既極乎性情辭亦匠於文理故能開學養正昭明有融然而道心惟

微聖謨（元作謀改謨）卓絕、墻宇重峻。而吐納自深。譬萬鈞之洪鍾。無錚錚之細響矣。夫易惟談天、（夫字從御覽增入）入（一作人從御覽改）神致用、故繫稱旨遠辭文、（元作高孫改）言中事隱、韋編三絕、固哲人之驪淵也、書實記言、而訓詁茫昧、通乎爾雅、則文意曉然、故子夏歎書、昭昭若日月之明、離離如星辰之行、言昭灼也、詩主言志、詁訓同書、摛風裁興、藻辭譎喻、溫柔在誦、故最附深衷矣、禮以（一作貴）立體、（一本下有弘用二字）據事剬範、章條纖曲、執而後顯、採掇生（疑作片）言、莫非寶也、春秋辨理、（四句一十六字元脫朱按御覽補）一字見義五石六鷁以詳略成文雉門兩觀以先後顯旨其婉章志晦諒以邃矣尚書則覽文如詭而尋理即暢春秋則觀辭立曉而訪義方隱此聖人之殊致表裏之異體者也至根柢槃深枝葉峻茂辭約而旨豐事近而喻遠是以往者雖舊餘味日新後進追取而非晚（元作曉）前修文（一作運）用而未先可謂太山徧雨河潤千里者也故論說辭序則易統其首（一作旨）詔策章奏則書發其源賦頌謌讚則詩立其本銘誄箴祝則禮總其端紀傳銘（朱云當作移）檄則春秋爲

承學之徒輒輕言西漢而後無文章直至韓退之始起八代之衰耳亦思八代中固有具如許眼力能為如許評論者乎

根並窮高以樹表極遠以啟疆所以百家騰躍終入環內者也若稟經以製式酌雅以富言是仰山而鑄銅煮海而為鹽也故文能宗經體有六義一則情深而不詭二則風清而不雜三則事信而不誕四則義直而不回五則體約而不蕪六則文麗而不淫揚子比雕玉以作器謂五經之含文也夫文以行立行以文傳四教所先符采相濟勵德樹聲莫不師聖而建言脩辭鮮克宗經是以楚豔漢侈流弊不還正末歸本不其懿歟

贊曰

三極彝道。訓深稽古。致化歸一。分教斯五。性靈鎔匠。文章奧府。淵哉鑠乎。羣言之祖。

三極〔易〕六爻之動三極之道也〔孔穎達疏〕是天地人三才至極之道三墳五典八索九邱〔孔安國尚書序〕伏羲神農黃帝之書謂之三墳言大道也少昊顓頊高辛唐虞之書謂之五典言常道也八卦之說謂之八索求其義也九州之志謂之九邱邱聚也言九州所有土地所生風氣所宜皆聚此書也紛糅〔楚辭九辯〕惟其紛糅而將落兮〔注〕紛糅衆雜也十翼見原道篇七觀〔尚書大傳〕六誓可以觀義五誥可以觀仁甫刑可以觀誠洪範可以觀度禹貢可以觀事皐陶可以觀治堯典可以觀美四始〔詩序注〕關雎者風之始鹿鳴者小雅之始文王者大雅之始清廟者頌之始〔詩緯汎歷樞〕大明在亥水始也四牡在寅木始也嘉魚在巳火始也鴻鴈在申金始也五經〔禮記祭義〕禮有五經莫重於祭五經謂吉凶軍賓嘉五例見徵聖篇養正

易蒙以養正聖功也萬鈞西京賦洪鐘萬鈞注三十斤曰鈞錚錚劉盆子傳鐵中錚錚說文曰錚錚金聲也鐵之錚錚
言微有剛利也入神致用易精義入神以致用也旨遠辭文言中事隱易繫
辭其旨遠其辭文其言曲而中其事肆而隱韋編漢書孔子晚而好易讀之韋編三絕故爲之傳驪淵莊子夫千金之
珠必在九重之淵而驪龍頷下爾雅爾雅序爾雅者所以通訓詁之指歸敘詩人之興詠總絕代之離辭辨同實而異號者也釋詁
一篇周公所作釋言以下或言仲尼所增子夏所足叔孫通所益梁文所補子夏歎書尚書大傳子夏讀書畢見於夫
子夫子問焉子何爲於書子夏對曰書之論事也昭昭如日月之代明離離若參辰之錯行上有堯舜之道下有三王之義商所受於夫子志
之於心弗敢忘也譎喻詩序主文而譎諫言之者無罪聞之者足以戒五石六鷁春秋僖公十六年正月隕
石於宋五六鷁退飛過宋都公羊傳曷爲先言隕而後言石隕石記聞聞其磌然視之則石察之則五曷爲先言六而後言鷁鷁退飛記見也視
之則六察之則鷁徐而察之則退飛雉門兩觀春秋定公二年五月雉門及兩觀災冬十月新作雉門及兩觀公羊傳雉

門及兩觀災何兩觀微也然則曷爲不言雉門災及兩觀主災者兩觀也時災者兩觀則曷爲後言之不以微及大也

婉章志晦見五例注大山徧雨河潤千里〔公羊傳〕觸石而出膚寸而合不崇朝而徧雨乎天下者唯太山爾河海潤于千里〔春秋考異郵〕河者水之氣四瀆之精所以流化故曰河潤千里揚子〔漢書〕揚雄字子雲著法言雕玉〔法言〕玉不雕璵璠不作器言不文典謨不作經

是篇梅本書實記言以下有而訓詁茫昧通乎爾雅則文意曉然云云無然覽文以下十字章條纖曲下有執而後顯採掇生辭莫非寶也春秋辨理云云注四句十六字元脫朱從御覽補無觀辭立曉以下十二字諒以邃矣下有尚書則覽文如詭而尋理即暢春秋則觀辭立曉而訪義方隱云云按爾雅本以釋詩無關書之訓詁且五經分論不應獨舉書與春秋贅以覽文云云鬱儀所補四句辭亦不類宜從王惟儉本

正緯第四

夫神道闡幽天命微顯馬龍出而大易興神龜見而洪範燿故繫辭稱河出圖洛出書聖人則之斯之謂也但世夐文隱好生矯誕眞雖存矣僞亦憑焉夫六經彪炳而緯候稠疊孝論昭晳、元作哲許改而鉤讖葳蕤、按經驗緯其僞有四蓋緯之成經其猶織綜絲麻不雜布帛乃成今經正緯奇倍擿千里其僞一矣經顯聖訓也緯隱神教也聖訓宜廣神教宜約而今緯多於經神理更繁其僞二矣有命自天迺稱符讖而八十一篇皆託於孔子則是堯造綠圖昌制丹書其僞三矣商周以前圖籙頻見春秋之末羣經方備先緯後經體乖織綜其僞四矣僞既倍疑作掊摘則義異自明經足訓矣緯何豫焉、原夫圖籙之見迺昊天休命事以瑞聖義非配經故河不出圖夫子有歎如或可造無勞喟然昔康王河圖陳於東序故知前世符命歷代寶傳仲尼所撰序錄而已於是伎數之士、附以詭術、或說陰陽、或序災異、若鳥鳴似語、蟲葉成字、篇條滋蔓、必假孔氏、通儒討覈、謂起哀平、東序秘寶、朱紫亂矣、至於光武之世、篤信斯術、風化所靡、學者比肩、沛獻集緯以通經、曹褒撰讖以定禮、乖道謬典、亦已甚矣、是以桓譚疾其虛僞、尹敏戲（疑作巇）其深瑕、張衡發其僻謬、荀悅明其詭誕、四賢博練、論之精矣、若乃羲農軒皞之源。山瀆鍾律之要。白魚赤烏之符。黃金紫玉之瑞。（元作理孫改）事豐奇偉。辭富膏腴。無益經典。而有助文章。是以後來辭人。採摭英華。平子恐其迷學。奏令禁絕。仲豫惜其雜眞。未許煨燔。前代配經、故詳論焉、

贊曰

榮河温洛、是孕圖緯、神寶藏用、理隱文貴、世歷二漢、朱紫騰沸、芟夷譎詭、糅其雕蔚、

緯候 後漢方術傳緯候之部緯七緯也候尚書中候也 蔵蕤 司馬相如封禪文紛綸蔵蕤注言衆多也 八十一篇 隋經籍志河圖九篇洛書六篇云自黄帝至周文王所受本文又三十篇云九聖之所增演又七經緯三十六篇並云孔氏所作合爲八十一篇 緑圖 河圖挺佐輔黄帝至於翠嬀之川鱸魚折溜而至蘭葉朱文以授黄帝名曰緑圖 丹書 尚書帝命驗季秋之月甲子赤爵銜丹書止於鄷集於昌户其書曰敬勝怠者吉怠勝敬者滅大戴禮武王名尚父問曰黄帝顓頊之道存乎尚父曰在丹書王欲聞之則齋矣 圖籙 後漢方術傳光武尤信讖言士之赴趣時宜者皆馳騁穿鑿爭談之也故王梁孫咸名應圖籙越登槐鼎之任鄭興賈逵以附同稱顯桓譚尹敏以乖忤淪敗又謝夷吾傳綜校圖録 東序 書顧命河圖在東序 符命 揚雄傳爰

清靜作符命〔翰林志〕董景眞曰吾聞帝王之興必有符命

歷代寶傳〔書顧命傳〕河圖八卦伏羲王天下龍馬出河遂則其文以畫八卦謂之河圖歷代傳寶之

序災異〔隋經籍志〕漢末郎中郗萌集圖緯讖雜占爲五十卷謂之春秋災異宋均鄭元並爲讖律之註然其文辭淺俗顛倒舛謬不類聖人之旨

鳥鳴似語〔左傳〕鳥鳴于亳社如曰譆譆甲午宋大災宋伯姬卒

蟲葉成字〔漢書〕昭帝時上林柳樹斷一朝起立生枝葉有蟲食葉成文字曰公孫病已立宣帝本名病已葢帝將膺大位之徵

假孔氏〔隋經籍志〕說者曰孔子既敘六經以明天人之道知後世不能稽同其意故別立緯及讖以遺來世其書出於前漢

起哀平〔書洪範疏〕緯候之書不知誰作通人討覈謂起哀平

秘寶〔班固典引〕御東序之秘寶以流其占

光武〔東觀漢記〕光武避正殿讀讖坐廡下淺露中風苦欬也

風化所靡〔隋經籍志〕光武以圖讖興遂盛行於世詔東平王蒼正五經章句皆命從讖俗儒趨時益爲其學篇卷第目轉相增廣言五經者皆憑讖爲說

沛獻〔後漢書〕沛獻王輔好經書善說京氏易孝經論語傳及圖讖作五經論時號之曰沛王通論

曹褒〔後漢書〕曹褒受命次序禮事依準舊典雜以五經讖記之文撰次天子至於庶人冠婚吉

凶終始制度以爲百五十篇桓譚後漢書帝方信讖多以决定嫌疑桓譚上疏曰觀先王之記述咸以仁義正道爲本非有奇怪
虛誕之事尹敏後漢書帝令尹敏校圖讖敏對曰讖書非聖人所作其中多近鄙別字頗類世俗之辭恐疑誤後生張衡後漢
書自中興以後儒者爭學圖緯張衡上疏曰立言於前有徵於後謂之讖書自漢取秦莫或稱讖若夏侯勝眭孟之徒以道術立名其所述著
無讖一言劉向父子領校秘書閱定九流亦無讖錄成哀之後乃始聞之殆必虛僞之徒以要世取資宜收藏圖讖一禁絶之則朱紫無所眩
典籍無瑕玷矣荀悅後漢書荀悅作申鑒俗嫌篇曰世稱緯書仲尼所作臣叔父爽辨之蓋發其僞也有起於中興之前終張之徒
之作乎山瀆顔延之曲水詩序畧緯昭應山瀆效靈鍾律漢藝文志有鍾律灾應鍾律叢辰日苑鍾律消息白
魚赤烏史記武王渡河中流白魚躍入王舟中王俯取以祭既渡有火自上復於下至於王屋流爲烏其色赤其聲魄云黄
金禮斗威儀君乘金而王其政平則黄金見深山紫玉雒書王者不藏金玉則紫玉見於深山未許煨燔
荀悅辨緯書爲僞或曰燔之曰仲尼之作則否有取焉則可曷其燔榮河尚書中候帝堯即政榮光出河休氣四塞温洛易乾

鑿度帝盛德之應洛水先温九日乃寒

辨騷第五

自風雅寢聲，莫或抽緒，奇文鬱起，其離騷哉。固已軒翥詩人之後，奮飛辭家之前，豈去聖之未遠，而楚人之多才乎。昔漢武愛騷，而淮南作傳，以爲國風好色而不淫，小雅怨誹（元作謗，許改）而不亂，若離騷者，可謂兼之。蟬蛻穢濁之中，浮游塵埃之外，皭然涅而不緇，雖與日月爭光可也。班固以爲露才揚己，忿懟沉江，羿澆二姚，與左氏不合，崑崙懸（一作玄）圃，非經義所載然其文辭麗雅爲詞賦之宗雖非明哲可謂妙才王逸以爲詩人提耳屈原婉順離騷之文依經立義駟虬乘翳則時乘六龍崑崙流沙則禹貢敷土名儒辭賦莫不擬其儀表所謂金相玉質百世無匹者也及漢宣嗟歎以爲皆合經術揚雄諷味亦言體同詩雅四家舉以方經而孟堅謂不合傳褒貶任聲抑揚過實可謂鑒而弗精翫而未覈者也將覈其論必徵言焉故其陳堯舜之耿介。稱湯武之祗敬。典誥之體也。譏桀紂之猖披。傷羿澆之顛隕規諷之旨也虬龍以喻君子雲蜺以譬讒邪比興之義也每一顧而掩涕歎君門之九重忠怨之辭也觀茲四事同於風雅者也至於託雲龍說迂怪豐隆求宓妃鴆鳥媒娀女詭異之辭也康回傾地夷羿彃日（元作敝孫改）木夫（元作天謝改）九首土伯三目（元作足朱改）譎怪之談也依彭咸之遺則從子胥以自適狷狹之志也士女雜坐亂而不分指以爲樂娛酒不廢沉湎日夜舉以爲懽荒淫之意也摘此四事異乎經典者也故論其典誥則如彼語其夸

誕則如此固知楚辭者體慢（元作憲朱據宋本楚辭改）於三代而風雅於戰國乃雅頌之博徒而詞賦之英傑也觀其骨鯁所樹肌膚所附雖取鎔經意亦自鑄偉辭故騷經九章朗麗以哀志九歌九辯綺靡以傷情遠遊天問瓌詭而惠巧招魂招隱（馮云招隱楚辭本作大招下云屈宋莫追疑大招爲是）耀豔而深華卜居標放言之致漁父寄獨往之才故能氣往轢古辭來切今驚采絕豔難與並能矣自九懷以下遽躡其跡而屈宋逸步莫之能追故其敘情怨則鬱伊而易感述離居則愴怏而難懷

酌奇玩華而失墜真實者李昌谷之歌詩也故曰少加以理則可奴僕命騷

論山水則循聲而得貌言節候則披文而見時是以枚賈追風以入麗馬揚沿波而得奇其衣被詞人非一代也故才高者菀其鴻裁中巧者獵其艷辭吟諷者銜其山川童蒙者拾其香草若能憑軾以倚雅頌懸轡以馭楚篇酌奇而不失其真翫華而不墜其實則顧盼可以驅辭力欬唾可以窮文致亦不復乞靈於長卿假寵於子淵矣

贊曰

不有屈原豈見離騷驚才風逸壯志煙高山川無

極情理實勞金相玉式豔溢錙毫元作絶益稱豪朱孜宋本楚辭改

離騷〔屈原列傳〕原名平楚之同姓也爲楚懷王左徒王甚任之上官大夫讒之王怒而疏屈平故憂愁幽思而作離騷離騷者猶離憂也

軒翥〔班固典引〕甘露宵零於豐草三足軒翥於茂樹〔注〕軒翥飛貌　楚人多才〔左傳〕惟楚有才晉實用之　淮南〔漢書〕淮南王安好書武帝使爲離騷傳旦受詔日食時上　蟬蛻〔淮南子〕蟬飲而不食三十日而蛻　羿澆〔離騷〕羿淫遊以佚田兮又好射夫封狐澆身被服強圉兮縱欲而不忍〔注〕羿有窮之君夏時諸侯也因夏衰亂代之爲政娛樂田獵信任寒浞使爲國相浞殺羿而取羿妻生澆強梁多力縱放其慾不能自忍也　二姚〔離騷〕及少康之未家兮留有虞之二姚〔注〕有虞國名姚姓舜後也昔寒浞使澆殺夏后相少康逃犇有虞虞因妻以二女　崑崙玄圃〔天問〕崑崙縣圃其尻安在〔注〕崑崙山名其巔曰縣圃　王逸〔後漢書〕王逸字叔師爲侍中著楚辭章句行於世　駟虬乘翳〔離騷〕駟玉虬以乘鷖兮溘埃風余上征　時乘六龍〔易乾彖辭〕　崑崙流沙〔禹貢〕崑崙析支渠搜又曰餘波入于流沙〔離騷〕忽吾行此流沙兮　陳堯舜〔離騷〕彼堯舜之

耿介兮既遵道而得路 稱湯武【離騷】湯禹儼而祗敬兮周論道而莫差 譏桀紂【離騷】何桀紂之昌披兮夫惟捷

徑以窘步 虯龍【涉江】駕青虯兮驂白螭【注】虯螭神獸宜於駕乘以喻賢人清白可信任也 雲蜺【離騷】飄風屯其相離兮帥雲蜺

而來御【注】飄風無常之風以興邪惡雲蜺惡氣以喻佞人 掩涕【離騷】長太息以掩涕兮 君門【九辯】豈不鬱陶而思君兮君之

門以九重【注】閶闔扃閉道路塞也 雲龍【離騷】駕八龍之婉婉兮載雲旗之委蛇【注】言已德如龍可制御八方已德如雲雨能潤施萬物

也 豐隆求宓妃【離騷】吾令豐隆乘雲兮求宓妃之所在【注】豐隆雲師一曰雷師宓妃神女也以喻隱士 鴆鳥

媒娀女【離騷】望瑤臺之偃蹇兮見有娀之佚女吾令鴆爲媒兮鴆告余以不好【注】有娀國名謂帝嚳之妃契母簡狄也配聖帝生

賢子以喻貞賢也鴆運日也羽有毒可殺人以喻讒賊言我使鴆鳥爲媒以求簡狄其性讒賊還詐告我言不好也 康回傾地

【天問】康回馮怒地何故以東南傾【注】康回共工名怒觸不周山地柱折故傾 夷羿彃日【天問】羿焉彃日烏焉解羽【注】淮

南言堯時十日並出草木焦枯堯命羿仰射十日中其九日日中九烏皆死墮其羽翼【說文】彃射也 木夫九首【招魂】一夫九首

拔木九千些〔注〕有丈夫一身九頭強梁多力從朝至暮拔大木九千株也 **土伯三目**〔招魂〕土伯九約其角觺觺些參目虎首其身若牛些〔注〕土伯后土之侯伯也其貌如虎而有三目身又肥大狀如牛也 **彭咸**〔離騷〕願依彭咸之遺則〔注〕彭咸殷賢大夫諫其君不聽投水而死則法也 **子胥**〔橘頌〕浮江淮而入海兮從子胥而自適 **士女雜坐亂而不分** 招魂句〔注〕言恣意調戲亂而不分別也 **娛酒不廢沉湎日夜** 招魂句〔注〕言晝夜以酒相樂也 **博徒**〔信陵君傳〕公子聞趙有處士毛公藏於博徒 **九章** 王逸曰屈原放於江南之野復作九章章者著明也言己所陳忠信之道甚著明也 **九歌** 王逸曰昔楚南郢之邑其俗信鬼而好祀其祠必作歌樂鼓舞屈原因爲作九歌之曲託以諷諫也 **九辯** 王逸曰宋玉屈原弟子閔惜其師忠而放逐故作九辯以述其志 **遠遊** 王逸曰遠遊者屈原之所作也屈原履方直之行不容於世遂敘妙思託配仙人與俱游戲 **天問** 王逸曰天問者屈原之所作也屈原放逐憂心愁悴彷徨山澤經歷陵陸見楚有先王之廟及公卿祠堂圖畫天地山川神靈及古賢聖怪物行事因書其壁呵而問之以渫憤懣舒寫愁思 **招魂** 王逸曰宋玉憐哀屈原厥命將

落作招魂欲以復其精神延其年壽**大招**王逸曰大招者屈原之所作也或曰景差疑不能明也屈原放流恐命將終所行不遂故憤然大招其魂又曰招隱士者淮南小山之所作也小山之徒閔傷屈原雖身沉沒名德顯聞與隱處山澤無異故作招隱士之賦以章其志也**卜居**王逸曰卜居者屈原之所作也原放弃乃往太卜之家卜己屈世何所宜行**漁父**王逸曰漁父者屈原所作也漁父避世時遇屈原怪而問之遂相應答**九懷**王逸曰九懷者王褒之所作也懷者思也褒讀屈原之文追而愍之故作九懷以裨其詞遂列於篇褒字子淵**枚賈馬揚**漢藝文志楚臣屈原離讒憂國作賦以諷有惻隱古詩之義其後宋玉唐勒漢興枚乘司馬相如下及揚子雲競爲侈麗閎衍之辭沒其諷諭之義又賈誼傳誼爲長沙王太傅意不自得及渡湘水爲賦以弔屈原**乞靈**左傳願乞靈於臧氏**長卿**漢書司馬相如字長卿**假寵**左傳君若苟無四方之虞則願假寵以請於諸侯

男 登賢雲門 登穀春畬 校

文心雕龍卷第一

文心雕龍卷第二

梁劉　勰撰

北平黄叔琳崑圃輯注

茸城張澤瑊實甫
姚培謙心求　叅訂

明詩第六

大舜云詩言志歌永言聖謨所析義已明矣是以在心爲志發言爲詩舒文載實其在兹乎詩者持也持人情性三百之蔽義歸無邪持之爲訓有符焉爾人稟七情應物斯感感物吟志莫非自然昔

葛天氏樂辭云玄鳥在曲黄帝雲門理不空綺朱云當作絃至堯有大唐一作章之歌舜造南風之詩觀其二文辭達而已及大禹成功九序惟歌太康敗德五子咸怨順美匡惡其來久矣自商暨周雅頌圓備四始彪炳六義環深子夏監絢素之章子貢悟琢磨之句故商賜二子可與言詩自王澤殄竭風人輟采春秋觀志諷誦舊章酬酢以爲賓榮吐納而成身文逮楚國諷怨則離騷爲刺秦皇滅典亦造仙詩。漢初四言韋孟首唱匡諫之義繼軌周人孝武愛文、栢梁列韻、嚴馬之徒、屬辭無方、至成帝品錄三百餘篇、朝章國采、亦云周備、而辭人遺翰、莫見五言、所以李陵班婕妤、見疑於後代也、按名南行露、始肇半章、孺子滄浪、亦有全曲、暇豫優歌、遠見春秋、邪徑童謠、近在成世、閱時取證（一作徵）則五言久矣、又古詩佳麗、或稱枚叔、其孤竹一篇、則傅毅之詞、比采（一作類）而推、兩漢之作乎、觀其結體散文、直而不野、婉轉附物、怊悵切情、實五言之冠冕也、至於張衡怨篇、清典（一作曲從紀聞改）可味、仙詩緩歌、雅有新聲、暨

的是建安

建安之初、五言騰踊、文帝陳思縱轡以騁節、王徐應劉、望路而爭驅、並憐風月。狎池苑述恩榮。敘酣宴。慷慨以任氣磊落以使才造懷指事不求纖密之巧。驅辭逐貌唯取昭晰之能。此其所同也。乃正始明道。詩雜仙心何晏之徒率多浮淺。唯嵇志清峻。阮旨遙深。故能摽焉、若乃應璩百一、獨立不懼、辭譎義貞、亦魏之遺直也、晉世羣才、稍入輕綺張潘左陸比肩詩衢、采縟於正始。力柔於建安。或析文以爲妙。或流靡以自妍。此其大略也、江左篇製。

謝客爲之倡

溺乎玄風嗤笑徇務之志崇盛亡機之談袁孫已下雖各有雕采而辭趣一揆莫與爭雄所以景純仙篇挺拔而爲俊矣宋初文詠體有因革莊老告退而山水方滋儷采百字之偶爭價一句之奇情必極貌以寫物辭必窮力而追新此近世之所競也故鋪觀列代而情變之數可監撮舉同異而綱領之要可明矣若夫四言正體則雅潤爲本五言流調則（兩則字從御覽增）清麗居宗華實異用唯才所安故平子得其雅叔夜含其潤茂先凝其清景陽振其麗

兼善則子建仲宣偏美則太冲公幹然詩有恒裁思無定位隨性適分鮮能通圓若妙識所難其易也將至忽之爲易其難也方來至於三六雜言則出自篇什離合之發則明於圖讖回文所興則道原爲始聯句共韻則柏梁餘製巨細或殊情理同致總歸詩囿故不繁云

贊曰

民生而志詠歌所含興發皇世風流二南神理共契政序相參英華彌縟萬代永耽

葛天氏樂詞玄鳥在曲〔呂氏春秋〕葛天氏之樂三人摻牛尾投足以歌八闋一曰載民二曰玄鳥三曰遂草木四曰奮五穀五曰敬天常六曰達帝功七曰依地德八曰總萬物之極 **雲門**〔周禮〕大司樂奏黃鐘歌大呂舞雲門以祀天神〔史〕黃帝命大容作雲門大卷樂 **大唐之歌**〔尚書大傳〕維五紀奏鍾石論人聲及乃鳥獸咸變於前秋養耆老而春食孤子乃勃然詔樂興於大麓之野執事還歸二年諺然乃作大唐之歌一作大章〔漢禮樂志〕堯作大章 **南風**〔家語〕舜彈五弦之琴造南風之詩其詩曰南風之薰兮可以解吾民之慍兮南風之時兮可以阜吾民之財兮 **九序**見虞書 **五子**見夏書 **順美**〔孝經〕將順其美匡救其惡 **四始**見宗經篇 **六義**〔毛詩序〕詩有六義焉一曰風二曰賦三曰比四曰興五曰雅六曰頌 **王澤殄竭**〔班固賦〕王澤竭而詩不作 **觀志**〔左傳〕鄭伯享趙孟于垂隴七子從趙孟曰七子從君以寵武也請皆賦以卒君貺武亦以觀七子之志 **賓榮**〔左傳〕詩以言志志誣其上而公怨之以爲賓榮其能久乎 **身文**〔左傳〕言身之文也 **仙詩**〔史記〕秦始皇使博士爲仙眞人詩令樂人弦歌之 **韋孟**〔漢書〕韋孟爲楚元王傅傅子夷王及孫王戊戊荒淫不遵

道孟作詩諷諫柏梁〔任昉文章緣起〕七言詩漢武帝柏梁殿聯句嚴〔嚴助傳〕助會稽吳人嚴夫子子也〔注〕夫子嚴忌也〔藝文志〕

莊夫子賦二十四篇〔注〕名忌吳人常侍郎莊怱奇賦十一篇〔注〕怱奇者或言莊夫子子或言族家子莊助昆弟也嚴助賦三十五篇馬司馬

相如見前成帝品錄〔漢藝文志〕成帝詔劉向校經傳諸子詩賦每一書已向輒條其篇目撮其指意錄而奏之歌詩二十八家

三百一十四篇五言〔鍾嶸詩品〕夏歌曰鬱陶乎余心楚辭曰名余曰正則雖詩體未全然是五言之濫觴也逮漢李陵始著五言之

句矣李陵〔詩品〕漢都尉李陵詩其源出於楚辭文多悽怨者之流陵名家子有殊才生命不諧聲頹身喪使陵不遭辛苦其文亦何

能至此倢伃〔詩品〕漢倢伃班姬詩其源出於李陵團扇短章辭旨清捷怨深文綺得匹婦之致侏儒一節可以知其工矣行

露誰謂雀無角云云四句皆五言暇豫〔國語〕驪姬通於優施欲害申生而難里克優施乃飲里克酒中飲優施起舞曰暇豫

之吾吾不如鳥烏人皆集於菀己獨集於枯邪徑〔漢五行志〕成帝時謌謠曰邪徑敗良田讒口害善人桂樹華不實黃雀巢其顛

故為人所羨今為人所憐枚叔古詩十九首〔文選注〕並云古詩蓋不知作者或云枚乘然詩云驅車上東門又云遊戲宛與洛此辭兼東

都非盡是乘明矣〔徐陵玉臺新詠〕謂青青河畔草西北有高樓涉江采芙蓉庭中有奇樹迢迢牽牛星東城高且長明月何皎皎七首是乘作乘字叔**孤竹**〔後漢書〕傅毅字武仲孤竹一篇謂十九首冉冉孤生竹篇也**張衡怨篇**其辭曰猗猗秋蘭植彼中阿有馥其芳有黄其葩雖曰幽深厥美彌嘉之子云遥我勞如何**仙詩緩歌**〔張衡同聲歌〕素女爲我師儀態盈萬方衆夫所希見天老教義皇**建安**〔後漢獻帝紀〕建安元年春正月癸酉郊祀上帝於安邑大赦天下改元建安下所云文帝陳思王徐應劉俱當時作詩者也**文帝陳思**〔詩品〕魏文帝詩其源出於李陵頗有仲宣之體陳思王植詩源出於國風骨氣奇高詞采華茂情兼怨雅體被文質粲溢今古卓爾不羣故孔氏之門如用詩則公幹升堂思王入室景陽潘陸自可坐於廊廡之間矣**王徐應劉**〔魏志〕王粲字仲宣徐幹字偉長應瑒字德璉劉楨字公幹〔魏文帝與吳質書〕偉長懷文抱質恬淡寡欲有箕山之志可謂彬彬君子矣德璉常斐然有述作之意其才學足以著書美志不遂良可痛惜公幹有逸氣但未遒耳五言詩之善者妙絶時倫仲宣續自善於辭賦惜其體弱不足起其文至其所善古人無以遠過**正始**〔魏志〕齊王芳改元正始**詩雜仙心**言其皆宗老莊

何晏〔典略〕何晏字平叔鍾嶸曰平叔鴻雁之篇風規見矣嵇〔晉書〕嵇康字叔夜鍾嶸曰嵇康詩頗似魏文過爲峻切訐直露才傷淵雅之志然託喻清遠良有鑒裁亦未失高流矣阮〔晉書〕阮籍字嗣宗鍾嶸曰阮籍詩其源出於小雅無雕蟲之功而詠懷之作可以陶性靈發幽思言在耳目之內情寄八荒之表洋洋乎會於風雅使人忘其鄙近自致遠大頗多感慨之詞厥旨淵放歸趣難求應璩百一〔魏志〕應璩字休璉〔魏氏春秋〕齊王芳即位曹爽輔政多違法度璩作百一詩以諷序云時謂爽曰公聞周公巍巍之稱安知百慮有一失乎故以百一名篇張潘左陸〔詩評序〕晉太康中三張二陸兩潘一左勃爾復興踵武前王風流未沫亦文章之中興也按三張載字孟陽協字景陽亢字季陽王注引張華誤二陸機字士衡雲字士龍兩潘岳字安仁尼字正叔一左思字太冲元風〔沈約宋書〕在晉中興元風獨扇爲學窮於柱下博物止乎七篇馳騁文辭義殫於此自建武暨於義熙歷載將百雖綴響聯詞波屬雲委莫不寄言上德託意元珠遒麗之詞無聞焉耳嗤笑〔干寶晉紀總論〕學者以莊老爲宗而黜六經談者以虛薄爲辯而賤名儉當官者以望空爲高而笑勤恪袁〔晉書〕袁宏字彥伯有逸才鍾嶸曰彥伯詠史雖文體未遒而鮮明緊健去凡俗遠矣孫〔晉書〕孫綽字承

公弟綽字興公並任誕不羈而善屬文舊
注引孫楚楚卒於惠帝初不得爲江左也**景純**〔臧榮緒晉書〕郭璞字景純着遊仙詩十四
篇**宋初**〔宋書〕仲文始革孫許之風叔源大變太元之氣爰逮宋氏顏謝騰聲靈運之興會標舉延年之體裁明密並方軌前哲垂
範後昆**山水**謂顏謝騰聲加〔文選〕詩遊覽諸作也**茂先**〔晉書〕張華字茂先**景陽**〔詩品〕晉張協詩雄於潘岳靡於
太冲風流調達實曠代之高手詞彩葱蒨音韻鏗鏘使人味之亹亹不倦**子建仲宣**〔詩品〕王粲詩其源出於李陵發愀愴
之詞文秀而質羸在曹劉間別構一體方陳思不足比魏文有餘**太冲公幹**〔詩品〕左思詩其源出於公幹文典以怨頗
爲精切得諷諭之致雖野於陸機而深於潘岳謝康樂常言左太冲詩潘安仁詩古今難比**三六雜言**〔文章緣起〕三言
詩晉夏侯湛所作六言詩漢谷永作**出自篇什**〔摯虞文章流別〕詩之流也有三言四言五言六言七言九言古詩率以四
言爲體而時一句二句雜在四言之間後世演之遂以爲篇三言者振振鷺鷺于飛之屬是也五言者誰謂雀無角之屬是也六言者我姑酌
彼金罍之屬是也七言者交交黃鳥止于桑之屬是也九言者泂酌彼行潦挹彼注茲之屬是也**離合**〔文章緣起〕孔融作四言離

合詩**圖讖**孔子作孝經及春秋河洛成告備於天有赤虹下化爲黃玉長三尺上刻文云寶文出劉季握卯金刀在軫北字禾子天下服合卯金刀爲劉禾子爲季也**回文所興道原爲始**道原未詳舊注引賀道慶然道慶四言回文之前已有璇璣圖詩不可謂之始矣（唐武后璇璣圖序）前秦苻堅時扶風竇滔妻蘇氏名蕙字若蘭滔鎮襄陽絕蘇氏音問蘇氏因織錦爲迴文五彩相宣縱廣八寸題詩二百餘首計八百餘言縱橫反覆皆爲文章又（雜體詩序）晉傅咸有迴文反覆詩二首反覆其文以示憂心展轉也是又在竇妻前**聯句**見柏梁注

樂府第七

樂府者、聲依永、律和聲也、鈞天九奏、既其上帝、葛天八闋、爰乃皇時、自咸英以降、亦無得而論矣、至於塗山歌於候人、始爲南音。有娀謠乎飛燕、始爲北聲。夏甲歎於東陽、東音以發。殷整元作氂思於西河、西音以興。音聲推移、亦不一槩矣。匹元作及許改夫庶婦、謳吟土風、詩官採言、樂盲元作育許改被律、志感絲篁。氣變金石。是以師曠覘風於盛衰、季札鑒微於興廢。精之至也。夫樂本心術、故響浹肌髓、先王慎焉、務塞淫濫、敷訓冑子、必歌九德、故能情感七始、化動八風。自雅聲浸微、溺音騰沸、秦燔樂經、漢初紹復、制氏紀其鏗鏘、叔孫定其容與、於是武德興乎高祖、四時廣於孝文、雖摹韶夏、而頗襲秦舊、中和之

聲詩始判

響闋其不還暨武帝崇禮始立樂府總趙代之音撮齊楚之氣延年以曼聲協律朱馬以騷體製歌桂華雜曲麗而不經赤鴈羣篇靡而非典河間薦雅而罕御故汲黯致譏於天馬也至宣帝雅頌詩效鹿鳴邇及元成稍廣淫樂正音乖俗其難也如此暨後郊廟惟雜雅章辭雖典文而律非夔曠至於魏之三祖氣爽才麗宰割辭調音靡節平觀其北上衆引秋風列篇或述酣宴或傷羈戍志不出於淫蕩辭不離於哀思雖三調之正聲實韶夏之

二語透宗

聲詩雖別亦必無詩淫而聲雅者固知鄭聲既淫則

鄭曲也逮於晉世、則傅玄曉音、創定雅歌、以詠祖宗、張華新篇、亦充庭萬、然杜夔調律、音奏舒雅、荀勖改懸、聲節哀急、故阮咸譏其離聲、後人驗其銅尺、和樂精妙、固表裏而相資矣、故知詩爲樂心聲爲樂體樂體在聲瞽師務調其器樂心在詩君子宜正其文好樂無荒晉風所以稱遠伊其相謔鄭國所以云亡故知季札觀辭不直聽聲而已若夫豔歌婉孌、怨志訣絶、淫辭在曲、正響焉生、然俗聽飛馳、職競新異、雅詠溫恭、必欠伸魚睨、奇辭切至

詩不待言矣

唐人用樂府古題及自立新題者皆所謂無詔伶人也

則拊髀雀躍詩聲俱鄭自此階矣凡樂辭曰詩詩聲曰歌聲來被辭辭繁難節故陳思稱李延年閑於增損古辭多者則宜減之明貴約也觀高祖之詠大風孝武之歎來遲歌童被聲莫敢不協子建士衡咸有佳篇並無詔伶人故事謝絲管俗稱乖調蓋未思也至於斬（俞羨長云疑作軒）伎（疑作岐）鼓吹漢世鐃挽雖戎喪殊事而並總入樂府繆襲所致亦有可算焉昔子政品文詩與歌別故略具樂篇以標區界

贊曰

八音摛文樹辭爲體謳吟坰野。金石雲陛。韶響難

追鄭聲易啓豈惟觀樂於焉識禮

鈞天九奏〔史記〕趙簡子疾寤語大夫曰我之帝所甚樂與百神遊於鈞天廣樂九奏萬舞不類三代之樂其聲動人心

葛天八闋見明詩篇咸英〔樂緯〕黃帝樂曰咸池帝嚳樂曰六英塗山〔呂氏春秋〕禹行功見塗山之女禹未之遇而巡省南土女令妾待禹于塗山之陽作歌曰候人兮猗實始作爲南音有娀〔呂氏春秋〕有娀氏有二佚女爲之九成之臺飲食必以鼓帝令燕往視之鳴若謚隘二女愛而爭搏之覆以玉筐少選發而視之燕遺二卵北飛遂不返二女作歌一終曰燕燕往飛實始作爲北音夏甲〔呂氏春秋〕夏后氏孔甲田于東陽萯山天大風晦盲孔甲迷惑入于民室主人方乳或曰之子是必有殃后曰以爲余子孰敢殃之子長成人幕動拆橑斧斫斬其足孔甲曰嗚呼有疾命矣夫乃作破斧之歌實始爲東音殷整〔呂氏春秋〕周昭王親將征荆辛餘靡爲王右王抎於漢中辛餘靡振王北濟周公乃侯之於西翟殷整甲徙宅西河猶思故處實始作爲西音師曠〔左傳〕晉人

聞有楚師師曠曰不害吾驟歌北風又歌南風南風不競多死聲楚必無功

季札〔左傳〕吳公子札來聘請觀周樂爲之歌鄭曰美哉其細已甚民弗堪也是其先亡乎爲之歌齊曰美哉泱泱乎大風也哉表東海者其太公乎國未可量也

淫濫〔樂記〕流辟邪散狄成滌濫之音作而民淫亂

九德〔漢禮樂志〕周詩既備而其器用張陳周官具焉朝夕習業以教國子皆學歌九德誦六詩習六舞五聲八音之和故帝舜命夔曰女典樂教胄子

七始〔禮樂志〕七始華始肅倡和聲〔注〕七始天地四時人之始華始萬物英華之始也以爲樂名如六英也〔王應麟玉海〕黃鐘林鐘太簇爲天地人之始姑洗蕤賓南呂應鐘爲四時之始

八風〔易緯〕八節之風謂之八風〔左傳〕夫舞所以節八音而行八風〔杜注〕八風八方之風也以八音之器播八方之風手之舞之足之蹈之節其制而敘其情

溺音〔樂記〕子夏曰今君之所好者其溺音乎文侯曰敢問溺音何從出也子夏曰鄭音好濫淫志宋音燕女溺志衛音趨數煩志齊音敖辟喬志此四者皆淫於色而害於德是以祭祀弗用也

制氏〔禮樂志〕漢興樂家有制氏以雅樂聲律世世在太樂官但能紀其鏗鏘鼓舞而不能言其義

叔孫〔禮樂志〕叔孫通因秦樂人制宗廟樂

武德〔禮樂志〕武德舞高祖四年作以象天下樂已行武以除亂

也

四時〔禮樂志〕四時舞者孝文所作以明示天下之安和也

始立樂府〔禮樂志〕武帝定郊祀之禮乃立樂府采詩夜誦有趙代秦楚之謳〔按〕孝惠二年夏侯寬已為樂府令則樂府之立未必始於武帝也

延年〔漢書佞幸傳〕李延年善歌為新變聲上欲造樂令司馬相如等作詩頌延年輒承意弦歌所造詩為之新聲曲女弟李夫人產昌邑王繇是貴為協律都尉

桂華〔禮樂志〕安世樂房中歌十七章其七曰桂華

赤鴈〔禮樂志〕郊祀歌象載瑜十八太始三年行幸東海獲赤鴈作

河間薦雅〔禮樂志〕河間獻王有雅材以為治道非禮樂不成因獻所集雅樂天子下太樂官常存肄之歲時以備數然不常御常御及郊廟皆非雅聲

汲黯〔史記樂書〕武帝得神馬渥洼水中歌曲曰太一貢兮天馬下後伐大宛得千里馬歌詩曰天馬來兮從西極汲黯進曰凡王者作樂上以承祖宗下以化兆民今陛下得馬詩以為歌協於宗廟先帝百姓豈能知其音耶

詩效鹿鳴〔王襃傳〕宣帝時天下殷富數有嘉應上頗作歌詩欲興協律之事於是益州刺史王襄欲宣風化於眾庶聞王襃有俊才請與相見使襃作中和樂職宣布詩選好事者令依鹿鳴之聲習而歌之

稍廣淫樂〔禮樂志〕成帝時鄭聲尤甚黃門名倡丙彊景武之屬富顯於世貴戚五侯

定陵富平外戚之家淫侈過度至與人主爭女樂**三祖**〔鍾嶸詩品〕魏武帝魏明帝詩曹公古直甚有悲涼之句叡不如丕亦稱三祖**哀思淫蕩**按魏太祖苦寒行北上太行山云云通篇寫征人之苦文帝燕歌行秋風蕭瑟天氣涼云云亦託辭於思婦所謂或傷羈戍辭不離於哀思也他若文帝於譙作孟津諸作則又或述酣宴志不出於淫蕩之證也**三調**〔晉樂志〕有因絲竹金石造歌以被之魏世三調歌辭之類是也又〔唐樂志〕曰平調清調瑟調皆周房中曲之遺聲漢世謂之三調又有楚調漢房中樂也與前三調總謂之相和調**傅玄**〔晉樂志〕泰始二年詔郊祀明堂禮樂權用魏儀遵周室肇稱殷禮之義但改樂章而已使傅玄爲之詞云**張華**〔晉樂志〕使郭夏宋識等造正德大豫二舞其樂章張華所作**庭萬**詩邶風簡兮篇公庭萬舞〔公羊傳〕萬者何干舞也〔何休注〕干謂楯也能爲人扞難而不使害人故聖王貴之以爲武樂萬者其篇名**杜夔**〔晉樂志〕魏武平荆州獲漢雅樂郎河南杜夔能識舊法以爲軍謀祭酒使創定雅樂**荀勗阮咸**〔晉樂志〕荀勗以杜夔所制律呂校太樂總章鼓吹八音與律呂乖錯乃制古尺作新律呂以調聲韻勗又作新律自謂宮商克諧然論者猶謂勗暗解時阮咸妙達八音論者謂之神解咸常心譏勗新律聲高以爲高近哀思不合中

和每公會樂作𠡠意咸謂之不調以爲異已出咸爲始平相後有田父耕於野得周時玉尺𠡠以校已所治鐘鼓金石絲竹皆短校一米於此伏咸之妙徵歸

好樂無荒 詩唐風蟋蟀篇

晉風 (左傳)季札觀樂爲之歌唐曰思深哉其有陶唐氏之遺民乎不然何憂之遠也(注)晉本唐國

伊其相謔 詩鄭風溱洧篇

豔歌 (樂府)古豔歌古辭一曰妍歌

欠伸

魚睨 (鮑昭謝見原疏)大喜猝至小願所圖魚愕雞睨且悚且慚

拊髀雀躍 (莊子)雲將東遊過扶搖之枝而適遭鴻濛鴻濛方將拊髀雀躍而遊

詠大風 (史記)高帝還歸過沛悉召故人父老子弟縱酒發沛中兒得百二十人敎之歌酒酣高祖擊筑自爲歌詩曰大風起兮雲飛揚威加海内兮歸故鄉安得猛士兮守四方

歎來遲 (漢書外戚傳)李夫人卒帝思念不已方士少翁言能致其神迺夜張燈燭設帷帳陳酒肉而令上居他帳遙望見好女如李夫人之貌上愈益相思悲感爲作詩曰是邪非邪立而望之偏何姗姗其來遲兮樂府諸音家絃歌之

軒岐鼓吹 (崔豹古今注)短簫鐃歌軍樂也黄帝使岐伯作漢樂有黄門鼓吹天子以燕樂羣臣短簫鐃歌鼓吹之一章耳

漢世鐃挽 (宋樂志)漢鼓吹鐃歌十八曲(譙周法訓)挽歌者高帝召田橫至尸鄉自殺

從者不敢哭爲此歌以寄哀音焉（古今注）薤露蒿里並喪歌也言人命如薤上之露易晞滅也亦謂人死魂魄歸乎蒿里至孝武時李延年乃分爲二曲薤露送王公貴人蒿里送士大夫庶人使挽柩者歌之亦呼爲挽歌繆襲（文章志）繆襲字熙伯作魏鼓吹曲及挽歌

詮賦第八

詩有六義其二曰賦賦者鋪也鋪采摛文體物寫志也昔邵公呂覽作名稱公卿獻詩師箴賦傳云登高能賦可爲大夫詩序則同義傳說則異體總其歸塗實相枝幹劉向云明不歌而頌班固稱古詩之流也至如鄭莊之賦大隧士蔿之賦狐裘結言拉韻詞自已作雖合賦體明而未融及靈均唱騷始廣

聲皃然賦也者受命於詩人拓(疑作括)宇於楚辭也於是荀况禮智宋玉風鈞爰錫名號與詩畫境六義附庸蔚成大國遂(許云當作述)客主(元作至)以首引極聲(元脫曹補)貌以窮文斯蓋别詩之原始命賦之厥初也秦世不文頗有雜賦漢初詞人順流而作陸賈扣其端賈誼振其緒枚馬同其風王揚騁其勢皐朔(元作翔曹改)已下品物畢圖繁積於宣時校閱於成世進御之賦千有餘首討其源流信興楚而盛漢矣夫京殿苑獵述行序志並體國經野義尚光大既履端於倡

序亦歸餘於總亂序以建言首引情本亂以理篇迭致文契按那之卒章閔馬（元作馬朱改）稱亂故知殷人輯頌楚人理賦斯並鴻裁之寰域雅文之樞轄也至於草區禽族庶（元作鹿曹改）品雜類則觸興致情因變取會擬諸形容則言務纖密象其物宜則理貴側附斯又小制之區畛奇巧之機要也觀夫荀結隱語事數自環宋發巧談實始淫麗枚乘兔園舉要以會新相如上林繁類以成豔賈誼鵬鳥致辨於情理子淵洞簫窮變於聲皃孟堅兩都明絢（元作朋約朱改）

御覽改以雅贍。張衡二京。迅發一作拔以宏富。子雲甘泉。構深瑋之風。延壽靈光。含飛動之勢。凡此十家。並辭賦之英傑也。及仲宣靡密。發端必遒。偉長博通。時逢壯采。太沖安仁。策勳於鴻規。士衡子安。底績於流制。景純綺巧。縟理有餘。彥伯梗槩。情韻不匱。亦魏晉之賦首也。原夫登高之旨、蓋覩物興情、情以物興、故義必明雅、物以情觀、故詞必巧麗、麗詞雅義、符采相勝、如組織之品朱紫、畫繪之著玄黃、文雖新而有質、色雖糅而有本、一作儀此立賦之大體也然逐末之儔、蔑棄其本、雖讀千賦、愈惑體要、遂使繁華損枝。膏腴害骨。無貴風軌、莫益勸戒、此揚子所以追悔於雕蟲。貽誚於霧縠者也。

贊曰

賦自詩出、分歧異派、寫物圖皃、蔚似雕畫、杚滯必揚、言庸無隘、風歸麗則、辭翦美稗。

名八、〔國語〕召公曰故天子聽政使公卿至於列士獻詩瞽獻典史獻書師箴瞍賦矇頌百工諫 登高能賦〔漢藝文志〕傳曰不歌而頌謂之賦登高能賦可以為大夫 古詩之流〔班固兩都賦序〕賦者古詩之流也 鄭莊〔左傳〕鄭莊公感潁考叔之言與武姜隧而相見公入而賦大隧之中其樂也融融 士蔿〔左傳〕晉獻公使士蔿為夷吾城屈不慎寘薪焉讓之退而賦曰狐裘尨茸一國三公吾誰適從**未融**左傳明夷之謙明而未融**靈均**屈原字史記屈原名平憂愁幽思而作離騷**詩人**藝文志春秋之後聘問歌詠不行於列國學詩之士逸在布衣而賢人失志之賦作矣**括宇**西京雜記相如曰賦家之心包括宇宙總覽人物藝文志大儒孫卿及楚臣屈原離讒憂國作賦以風**荀況**史記荀卿趙人名況著有禮賦智賦**宋玉**宋玉風賦見文選釣賦見賦苑**雜賦**藝文志秦時雜賦九篇**陸賈**藝文志陸賈賦三篇**賈誼**藝文志賈誼賦七篇**枚**藝文志枚乘賦九篇**馬**藝文志司馬相如賦二十九篇**王**藝文志王褒賦十六篇**揚**藝文志揚雄賦十二篇**皐**藝文志枚皐賦百二十篇**朔**漢書東方朔有皇太子生禖屏風殿上柏柱平樂觀賦**成世**兩都賦序武宣之世言語侍從之臣時時間作或以抒下情而通諷諭或以宣上德而盡忠孝雍容揄揚著於後嗣亦雅頌之亞也故孝成之世論而錄之蓋奏御者千有餘篇**興楚**

盛漢吳訥文章辨體古今言賦自騷之外咸以兩漢為古蓋非晉魏以還所及**京殿**文選兩都二京靈光景福之類是也**苑獵**上林甘泉長楊羽獵之類是也**述行**北征東征之類是也**序志**幽通思元之類是也**履端**左傳先王之正

時也履端於始歸餘於終總亂〔王逸楚辭注〕亂理也所以發理詞指總撮其要也極意陳詞文彩紛華然後結括一言以明所起也那

之卒章〔國語〕閔馬父曰正考父校商之名頌十二篇於周太師以那爲首其輯之亂曰自古在昔先民有作温恭朝夕執事有恪草

區禽族〔藝文志〕雜禽獸六畜昆蟲賦十八篇雜器械草木賦三十三篇荀結隱語〔荀子禮賦注〕言禮之功用

甚大時人莫知故假爲隱語問之先王宋發巧談〔文選〕宋玉有高唐賦神女賦好色賦淫麗〔藝文志〕揚子曰詩人之賦麗以

則詞人之賦麗以淫菀園〔漢書〕枚乘字叔游梁梁客皆善屬詞賦乘尤高菀園苑名〔賦苑〕有枚乘菀園賦上林〔司馬相如傳〕相如請

爲天子游獵之賦賦奏天子以爲郎亡是公言上林廣大侈靡多過其實鵩鳥〔賈誼傳〕誼爲長沙傅三年有服飛入誼舍止於坐隅服似

鴞不祥鳥也誼既以適居長沙長沙卑濕誼自傷悼以爲壽不得長迺爲賦以自廣洞簫〔王褒傳〕太子喜褒所爲甘泉及洞簫頌令

後宮貴人左右皆誦讀之兩都〔後漢書〕班固字孟堅上兩都賦盛稱洛邑制度之美二京〔後漢書〕張衡字平子永元中天下承平日

久自王侯以下莫不踰侈衡乃擬班固兩都作二京賦因以諷諫甘泉〔漢書〕揚雄字子雲正月從上甘泉還奏甘泉賦以風靈

光〔後漢書〕王逸子延壽字文考遊魯作靈光殿賦
蔡邕亦造此賦未成及見延壽所爲遂輟翰 仲宣偉長〔魏志〕王粲
字仲宣徐幹字偉長〔文選〕曹子建與楊德祖
書曰昔仲宣獨步於漢南偉長擅名於青土 太沖〔臧榮緒晉書〕左思字太沖欲作三都賦乃
詣著作郎張載訪岷邛之事遂構思十稔門庭藩溷皆著紙
筆得句即疏之賦成張華見而咨嗟都邑豪貴競相傳寫 安仁〔晉書〕潘岳
字安仁弱冠辟司空太尉府舉秀才高步一時 士衡〔臧榮緒晉書〕陸機字士衡與弟
所著有耕藉射雉西征秋興閒居懷舊諸賦
雲勤學聲溢四表機 子安〔晉書〕成公綏字子安少有俊才口吃張華一
妙解情理作文賦 見甚善之時人以貧賤不重其文仕至中臺
郎著有 景純 郭璞字景純〔晉中興書〕曰璞以中興 彥伯〔晉陽秋〕袁
嘯賦 王宅江外乃著江賦述川瀆之美 宏字彥伯
賦苑有袁彥 讀千賦〔桓譚新論〕余素好文見子雲善為賦欲從 雕
伯東征賦 之學子雲曰能讀千賦則善為之矣
蟲霧縠〔揚子法言〕或問吾子少好賦曰然童子雕蟲篆刻俄
而曰壯夫不為也或曰霧縠之組麗曰女工之蠹矣

頌讚第九

四始之至、頌居其極、頌者、容也、所以美盛德而述形容也、昔帝嚳之世、咸墨爲頌、以歌九韶、自商已下、文理允備、夫化偃一國謂之風、風正四方謂之雅、容告神明謂之頌、風雅序人事、兼變正、頌主告神、義必純美、魯國（元脱曹補）以公旦次編、商人以前王追錄、斯乃宗廟之正歌、非讌饗之常詠也、時邁一篇、周公所製、哲人之頌、規式存焉、夫民各有心、勿壅惟口、晉輿（元作興曹改）之稱原田、（元作由曹改）魯民之刺裘鞸、直言不詠、短辭以諷、邱明子高、並諜爲誦、斯則野誦之變體。浸被乎人事矣。及三閭橘頌、情采芬芳、比類寓意。又覃及細物矣。至於秦政刻文、爰頌其德、漢之惠景、亦有述容、沿世並作、相繼於時矣。若夫子雲之表充國、孟堅之序戴侯、武仲之美顯宗、史岑之述熹（元作僖曹改）后、或擬清廟。或範駉那。雖淺深不同。詳略各異。其褒德顯容。典章一也。至於班傅之北征西巡（元作逝）變為序引、豈不褒過而謬體哉。馬融之廣成上林（疑作東巡）雅而似賦、何弄文而失質乎。又崔瑗文學、蔡邕樊渠、並致美於序、而簡約乎篇、摯虞

陸士龍云誦優游以彬蔚不及此之切合頌體

品藻、頗爲精覈、至云雜以風雅、而不變旨趣、徒張虛論、有似黃白之僞說矣、及魏晉辨頌、鮮有出轍、陳思所綴、以皇子爲標、陸機積篇、惟功臣最顯、其褒貶雜居、固末代之訛體也、原夫頌惟典雅、辭必清鑠、敷寫似賦、而不入華侈之區、敬慎如銘、而異乎規戒之域、揄揚以發藻、汪洋以樹義、一作儀唯纖曲巧致、與情而變、其大體所底、如斯而已、讚者、明也、助也、二字從御覽增昔虞舜之祀、樂正重讚、蓋唱發之辭也、及益讚於禹、伊陟讚於巫咸、並颺言以明事、嗟歎以助辭也、故漢置鴻臚以唱拜爲讚、即古之遺語也、至相如屬筆始讚荆軻、及遷史固書託讚褒貶約文以總錄、頌體以論辭又紀傳後（元作修朱攷御覽改）評、亦同其名、而仲治流別、謬稱爲述、失之遠矣、及景純注雅、動植必讚（一作讚之從御覽改）、義兼美惡、亦猶頌之變耳、然本其爲義（本字從御覽增）事生奬歎、所以古來篇體。促而不廣。（一作曠從御覽改）必結言於四字之句。盤桓乎數韻之辭。約舉以盡情。昭灼以送文。此其體也。發源雖遠。而致用蓋寡。大抵所歸。其頌家之細條乎。

贊曰

容體底頌、勳業垂讚、鏤彩摛文、聲理有爛、年積逾遠、音徽如旦、降及品物、炫辭作翫、

咸墨墨應作黒〔呂氏春秋〕帝嚳命咸黒作爲聲歌九招六列六英變正〔詩序〕王道衰政教失而變風變雅作矣頌主告神〔詩大序〕頌者美盛德之形容以其成功告於神明者也公旦〔詩傳〕成王賜魯天子之禮樂以祀周公故有魯頌商人〔詩序商頌〕那祀成湯也烈祖祀中宗也玄鳥祀高宗也長發大禘也殷武祀高宗也皆前代祭祀宗廟之樂時邁〔國語〕周文公之詩曰載戢干戈載櫜弓矢我求懿德肆于時夏允王保之〔韋昭注〕文公周公旦之謚也頌時邁之詩武王既伐紂周公爲作此詩巡守告祭之樂歌壅口〔國語〕民慮之於心而宣之於口成而行之胡可壅也若壅其口其與能幾何原田〔左傳〕晉侯聽輿人之頌曰原田每每舍其舊而新是謀裘鞸〔孔叢子〕子順曰先君初相魯魯人謗頌之曰麛裘而芾投之無戾芾而麛裘投之無郵〔呂

氏春秋〕同苐作鞞〔高誘注〕鞞小皃此子順述孔子之事非子高也子高孔穿之子**三閭橘頌**〔離騷序〕屈原與楚同姓仕於懷王爲三閭大夫著九章内一篇曰橘頌**秦政**〔史記〕秦始皇者名政東行郡縣上鄒嶧山立石與魯諸儒生議刻石頌秦德**惠景**〔漢藝文志〕李思孝景皇帝頌十五篇**表充國**〔趙充國傳〕充國字翁孫功德與霍光等列畫未央宮成帝時西羌嘗有警上思將帥之臣追美充國迺名黃門郎揚雄即充國圖畫而頌之**序戴侯**〔後漢書〕竇融字周公光武八年與大軍會高平封安豐侯卒謚戴〔文章流別〕有班固安豐戴侯頌**美顯宗**〔後漢書〕傅毅字武仲追美孝明帝功德最盛而廟頌未立乃依清廟作顯宗頌十篇**述熹后**〔文選注〕范曄後漢書曰王莽末沛國史岑字孝山以文顯〔文章志〕七志並載岑出師頌而集林又載岑和熹鄧后頌計莽末以訖和熹百有餘年又〔東觀漢記〕東平王蒼上光武中興頌明帝問校書郎此與誰等對曰前世史岑之比斯則莽末史岑明帝時已云前世不得爲和熹之頌明矣蓋有二史岑字子孝者仕王莽字孝山者當和熹書典散亡未詳爵里諸家遂以孝山之文載於子孝之集**班傅**〔後漢書〕竇憲遷大將軍以傅毅爲司馬班固爲中護軍憲府文章之盛冠於當世毅所著詩賦誄頌諸作凡二十八篇固所著賦

銘誄頌諸作凡四十一篇**馬融**〔馬融傳〕融字季長鄧太后臨朝鄧騭兄弟輔政俗儒世士以文德可興武功宜廢融以爲文武之道聖賢不墜五材之用無或可廢上廣成頌以諷諫太后怒遂令禁錮之安帝親政出爲河間王長史時車駕東巡岱宗融上東巡頌召拜郎中**崔瑗**〔崔瑗傳〕瑗所著賦碑銘箴頌七蘇南陽文學官志歎辭移社文悔祈草書埶七言凡五十七篇其南陽文學官志稱於後世諸能爲文者皆自以弗及**樊渠**〔蔡邕樊惠渠頌〕略曰陽陵縣東土氣辛螫嘉穀不植而涇水長流京兆尹樊君諱陵字德雲遂樹桂渠石委薪積土基趺工堅清流浸潤昔日鹵田化爲甘壤農民熙怡悅豫謂之樊惠渠云**摯虞**〔摯虞傳〕虞字仲洽撰古文章類聚區分爲三十卷名曰流别集各爲之論辭理愜當爲世所重**雜以風雅**〔文章流别論〕揚雄充國頌頌而似雅傅毅顯宗頌雜以風雅之意馬融之廣成上林純爲今賦之體而謂之頌**黄白僞說**〔呂氏春秋〕相劔者曰白所以爲堅也黄所以爲牣也黄白雜則堅且牣良劔也難者曰黄白雜則不堅且不牣焉得爲利劔也**陳思**曹植字子建封陳思王集有皇子生頌**陸機**陸機集有漢高祖功臣頌**樂正重讚**〔尚書大傳〕舜爲賓客禹爲主人樂正進贊曰尚考大室之義唐爲虞賓至今衍於四海成禹之變垂於萬世之後於是俊乂百工相和而歌慶雲**益**

贊於禹見書大禹謨篇伊陟〔書〕在太戊時則有若伊陟臣扈格于上帝巫咸乂王家〔注〕伊陟伊尹之子巫氏咸名〔史記封禪書〕伊陟贊巫咸鴻臚〔漢書注〕鴻聲也臚傳也所以傳聲贊導九賓也相如〔文章緣起〕司馬相如荆軻贊世已不傳厥後班孟堅漢史以論爲贊至宋范曄更以韻語謬稱爲述〔漢書注〕顏師古曰史遷云爲某事作某本紀某列傳班固謙不敢言作而改言述蓋避作者之謂聖而取述者之謂明也但後之學者不曉此爲漢書敘目見有述字乃呼爲漢書述失之遠矣摯虞尚有此惑其餘曷足怪乎景純注雅〔郭璞傳〕璞字景純注釋爾雅別爲音義圖譜

祝盟第十

天地定位、祀徧羣神、元作臣朱改六宗既禋、三望咸秩、甘雨和風、是生黍稷、兆民所仰、美報興焉、犧盛惟馨、本於明德、祝史陳信、資乎文辭、昔伊耆元作祁柳改始蜡、以祭八神、其辭云、土反（元作及許改）其宅、水歸其壑、昆蟲無作、草木歸其澤、則上皇祝文、爰在茲矣。舜之祠田云、荷此長耜、耕彼南畝、四海俱有、利民之志、頗形於言矣。至於商履、聖敬日躋、玄牡告天、以萬方罪己、即郊禋之詞也。素車禱旱、以六事責躬、則雩禜之文也。及周之大祝、掌六祝之辭、是以庶物咸生、陳於天地之郊、旁作穆穆、唱於迎日之拜、夙興夜處、言於附廟之祝、多福無疆、布於少牢之饋、宜社類禡、莫不有文、所以寅虔（許補）於神祇、嚴恭於宗

祝又音晝詩大雅侯詛侯祝是也俗作呪非故詛罵亦祝之一體

廟也。春秋已下、黷祀諂祭、祝幣史辭、靡神不至、至於張老成室、致善於歌哭之禱、蒯聵臨戰、獲佑於筋骨之請、雖造次顛沛。必於祝矣。若夫楚辭招魂、可謂祝辭之組纚也。漢之羣祀、肅其旨（一作百）禮、既總碩儒之儀、亦參方士之術、所以祕祝移過、異於成湯之心。侲子毆疫。（元作歐疾王改）同乎越巫之祝、禮失之漸也。至如黃帝有祝邪之文、東方朔有罵鬼之書、於是後之譴呪。務於善罵、唯陳思誥咎。（元脫曹補）裁以正義矣。若乃禮之祭祀。事止告饗。而中代祭文。兼讚言行。祭而兼讚。蓋引神而作也。又漢代山陵哀策流文。周喪盛姬。内史執策。然則策本書贈。因哀而爲文也。是以義同於誄。而文實告神。誄首而哀末。頌體而祝（一作呪）儀。太史所作之讚。因周之祝文也。凡羣言發華。而降神務實。脩辭立誠。在於無媿。祈禱之式。必誠以敬。祭奠之楷。宜恭且哀。此其大較也。班固之祀濛山。祈禱之誠敬也。潘岳之祭庾婦。奠祭之恭哀也。舉彙而求。昭然可鑒矣。盟者。明也。騂毛白馬。珠盤玉敦。陳辭乎方明之下。祝告於神明者

二盟義炳千古不宜以成敗論之

也在昔三王詛盟不及時有要誓結言而退周衰屢盟以及要契始之以曹沬終之以毛遂及秦昭盟夷設黃龍之詛漢祖建侯定山河之誓然義存則克終道廢則渝始崇替在人呪何預焉若夫臧洪歃辭氣截雲蜺劉琨鐵誓精貫霏霜而無補於晉漢反爲仇讎故知信不由衷盟無益也夫盟之大體必序危機奬忠孝共存亡戮心力祈幽靈以取鑒指九天以爲正感激以立誠切至以敷辭此其所同也然非辭之難處辭爲難後之君子宜在

殷鑒。忠信可矣。無恃神焉。

贊曰

毖祀欽明、祝史惟談、立誠在肅、脩辭必甘、季代彌飾、絢言朱藍、神之來格、所貴無慚、

六宗〔書〕禋於六宗〔孔安國傳〕一四時二寒暑三日四月五星六水旱〔漢郊祀志注〕六宗星辰風伯雨師司中司命一說云乾坤六子又一說天宗三日月星辰地宗三泰山河海或曰天地間游神也三望〔左傳〕僖公三十一年卜郊不從乃免牲猶三望〔注〕望祭山川也伊耆〔禮記郊特牲〕伊耆氏始爲蜡蜡也者歲十二月合聚萬物而索饗之也八神先嗇一司嗇二百種三農四郵表畷五貓虎六坊七水庸八聖敬日躋詩商頌長發篇元牡見書湯誓素車〔尸子〕湯之救旱也素車白馬布衣身嬰白茅以身爲牲禱曰政不節與民失職與苞苴行與讒夫昌與宮室崇與女謁盛與雩禜〔左傳〕龍見而雩〔注〕旱祭也又曰雪霜風雨之災

則禜之（說文）禱雨爲雩禱晴爲禜

太祝（周禮春官）太祝掌六祝之辭以事鬼神曰順祝年祝吉祝化祝瑞祝筴祝

庶物

迎日（大戴禮）孝昭冠辭皇皇上天照臨下土庶物羣生各得其所靡今靡古維予一人某敬拜皇天之祐又曰明光於上下勤施於四方旁作穆穆維予一人某敬拜迎於郊以正月朔日迎日於東郊

祔廟（儀禮）明日以其班祔用嗣尸曰孝子某孝顯相夙興夜處小心畏忌不惰其身不寧用尹祭嘉薦普淖普薦溲酒適爾皇祖某甫以隮祔爾孫某甫

多福無疆（儀禮）少牢饋食禮主人酳尸尸酢主人祝嘏主人曰皇尸命工祝承致多福無疆于汝孝孫

宜社（王制）天子將出類乎上帝宜乎社造乎禰諸侯將出宜乎社造乎禰（注）宜祭名

類禡（詩）是類是禡（傳）師祭也類於上帝禡於所征之地

張老成室（檀弓）晉獻文子成室晉大夫發焉張老曰美哉輪焉美哉奐焉歌於斯哭於斯聚國族於斯

蒯聵（左傳）衛太子禱曰曾孫蒯聵敢昭告皇祖文王烈祖康叔文祖襄公鄭勝亂從晉午在難使鞅討之蒯聵不敢自佚備持矛焉敢告無絕筋無折骨無面傷以集大事

祕祝（漢郊祀志）文帝詔曰祕祝之官移過於下朕甚弗取其除之

侲子（後漢禮儀志）大儺謂之逐疫選中黃門子弟十歲以上十二以下百二十

人爲倀子越巫郊祀志粤人勇之言粤人俗鬼而其祠皆見鬼數有効昔東甌王敬鬼壽百六十歲後世怠嫚故衰耗武帝乃命粤巫立粤祝祠祝邪山海經東望山有獸名白澤能言語王者有德明照幽遠則至軒轅記帝於桓山得白澤神獸能言達於萬物之情因問天地鬼神之事帝令寫爲圖作祝邪之文以祝之罵鬼王延壽夢賦序云臣遂得東方朔與臣作罵鬼之書按朔與延壽隔世久遠或朔本有書延壽得之則可曰與臣作謬矣倘作書亦是夢中事便無所不可然彥和又豈以烏有爲實録乎非後人傳寫之誤即前代有傳會失實者誥咎曹子建誥咎文序五行致災先史咸以爲應政而作天地之氣自有變動未必政治之所興治也於時大風發屋拔木意有感焉聊假上帝之命以誥咎祈福哀策文章緣起漢樂安相李尤作和帝哀策執策穆天子傳天子西至於重璧之臺盛姬告病天子哀之於是觴祀而哭内史執策注策所以書贈賻之事祭庾婦潘岳集有爲諸婦祭庾新婦文騂毛左傳瑕禽曰昔平王東遷吾七姓從王牲用備具王賴之而賜之騂毛之盟注赤牛也白馬漢書王陵曰高皇帝刑白馬而盟曰非劉氏而王者天下共擊之珠盤玉敦周禮天官玉府若合諸侯則共珠盤玉敦方明漢律歷志太甲元年以冬至越

茀祀先王於方明〔注〕方明者神明之象也以木為之方四尺畫六采東青西白南赤北黑上元下黃

詛盟〔穀梁傳〕詛盟不及三王

結言〔公羊傳〕古者不盟結言而退

要契〔左傳〕使王叔氏與伯輿合要王叔氏不能舉其契〔注〕要合要辭理曲無以為答故不能舉其契要之辭

曹沫〔國語〕曹沫為魯將三北魯莊公與齊桓公會於柯而盟沫執匕首劫桓公於壇盡歸魯之侵地

毛遂〔史記〕秦圍邯鄲平原君求救於楚議日中不決毛遂按劍歷階而上曰從之利害兩言而決合從者為楚非為趙也楚王曰唯唯遂謂左右曰取雞狗馬之血來遂奉銅盤而跪進之楚王曰王當歃血次者吾君次者遂遂定從於殿上

秦昭〔常璩巴志〕秦昭襄王與夷人刻石盟曰秦犯夷輸黃龍一雙夷犯秦輸清酒一鍾

山河〔史記高祖功臣年表〕封爵之誓曰黃河如帶泰山如礪國以永寧爰及苗裔

臧洪〔臧洪傳〕洪字子源太守張超請為功曹時董卓圖危社稷超與洪西至陳留見兄邈計事邈與語大異之邈先有謀約會超至定議乃與諸牧守大會酸棗設壇場將盟既而莫敢先登咸共推洪洪升壇歃血辭氣慷慨聞其言者無不激揚

劉琨〔劉琨傳〕琨字越石建武元年琨與段匹磾期討石勒匹磾推琨為大都督歃血載書檄諸方守俱集襄國琨匹磾進屯固安以俟眾軍匹磾從弟末波納

勒厚賂獨不進乃沮其計琨匹磾以勢弱而退

男　登穀雲門
　　登賢春畬　校

文心雕龍卷第二

文心雕龍卷第三

梁劉　勰撰

北平黄叔琳崑圃輯注

虞山陳祖范亦韓

康城楊錫恒查岑　參訂

銘箴第十一

昔帝軒刻輿几以弼違，大禹勒筍簴而招諫，成湯盤盂著日新之規，武王户席題必戒之訓，周公慎言於金人，仲尼革容於欹器，則先聖鑒戒，其來久矣。故銘者，名也，觀器必也正名，審用貴乎盛德。蓋李習之論銘謂盤之辭可遷於鼎鼎之辭可遷於山山之辭可遷於碑惟時之所紀而不必專切於是物其說甚高然與觀器正名之義乖矣但不得直賦是物爾

臧武仲之論銘也、曰天子令德、諸侯計功、大夫稱伐、夏鑄九牧之金鼎。周勒肅愼之楛矢、令德之事也。呂望銘功於昆吾。仲山鏤績於庸器。計功之義也。魏顆紀勳於景鐘。元作銘曹改孔悝表勤於衛鼎。稱伐之類也。若乃飛廉有石槨之錫。靈公有蒿里之謚。銘發幽石。吁可怪矣。趙靈勒跡於番吾。元作禺楊改秦昭刻博元作傳朱改於華山。夸誕示後。吁可笑元作茂又作戒也。詳觀衆例。銘義見矣。至於始皇勒岳。政暴而文澤。亦有疎通之美焉。若班固燕然之勒。張昶華陰之碣。序亦盛矣。蔡邕銘思。獨冠古今。橋（元作僑孫改）公之鉞。（元作箴）吐納典謨。朱穆之鼎。全成碑文。溺所長也。至如敬通雜器。準獲戒銘。而事非其物。繁略違中。崔駰品物。讚多戒少。李尤積篇。義儉辭碎。蓍龜神物。而居博弈之中。衡斛嘉量。而在臼杵之末。曾名品之未暇。何事理之能閑哉。魏文九寶。器利辭鈍。唯張載（元作采謝改）劍閣。其才清采。迅足駸駸。後發前至。勒銘岷漢。得其宜矣。箴者、所以攻疾防患。喻鍼石也、斯文之興、盛於三代、夏商二箴、餘句頗存、及周之辛甲百

文心雕龍卷三　銘箴　二

官箴一篇、體義備焉、迄至春秋、微而未絕、故魏絳諷君於后羿、楚子訓民於在勤、戰代已來、棄德務功、銘辭代興、箴文委絕、至揚雄稽古、始範虞箴、作卿尹州牧二十五篇、及崔胡補綴、總稱百官、指事配位、鞶鑑可徵、信所謂追清風於前古。攀辛甲於後代者也。至於潘勗符節、要而失淺、溫嶠傅臣、博而患繁、王濟國子、引廣（一作多）事雜、（一作寡）潘尼乘輿、義正而體蕪、凡斯繼作、鮮有克衷、至於王朗雜箴、乃寘巾履、得其戒慎、而失其所施、觀其約文舉要、憲章戒

陸士龍云銘博約而溫潤箴頓挫而清壯亦同斯旨

銘、而水火井竈、繁辭不已、志有偏也、夫箴誦於官。銘題於器。名目雖異、而警戒實同。箴全禦過。故文資确（元作確朱改）切。銘兼褒讚。故體貴弘潤。其取事也。必覈（元作覆）以辨。其摛文也。必簡而深。此其大要也。然矢言之道蓋闕。庸器之制久淪。所以箴銘異用罕施於代。惟秉文君子。宜酌其遠大焉

贊曰

銘實表器。箴惟德軌、有佩於言、無鑒於水、秉茲貞厲、敬言乎履、義典則弘、文約為美、

輿几〔皇王大紀〕帝軒作輿几之箴以警宴安　筍簴〔鬻子〕大禹爲銘於筍簴曰教寡人以道者擊鼓教以義者擊鐘教以事者
振鐸語以憂者擊磬　户席〔大戴禮〕尚父道丹書之言武王聞之惕若恐懼退而爲戒書於席四端於機於鑑於盥盤於楹於杖於帶於履
屨於觴豆於户於牖於劍於弓於矛盡爲銘焉以戒後世子孫　金人〔家語〕孔子觀周入后稷之廟有金人焉三緘其口而銘其背曰
古之慎言人也無多言多言多敗　欹器〔荀子〕孔子觀於魯威公之廟有欹器焉問於守者爲宥坐之器虛則欹中則正滿則覆歎曰烏
有滿而不覆者哉　論銘〔左傳〕季武子以所得於齊之兵作林鐘而銘魯功焉臧武仲曰非禮也夫銘天子令德諸侯言時計功大夫稱
伐今稱伐則下等也計功則借人也言時則妨民多矣何以銘爲　金鼎〔左傳〕王孫滿對楚子曰昔夏之有德遠方圖物貢金九牧鑄鼎
象物　楛矢〔國語〕仲尼曰昔武王克商通道九夷八蠻肅慎氏貢楛矢先王欲昭其令德之致遠也故銘其栝曰肅慎氏之楛矢　呂
望〔史記〕太公望呂尚者東海上人〔蔡邕銘〕論呂尚作周太師其功銘於昆吾之鼎　仲山〔竇憲傳〕南單于遺憲古鼎其傍銘曰仲山
甫鼎其萬年子子孫孫永保用　庸器〔周禮〕典庸器掌藏樂器庸器〔注〕庸器伐國所獲之器若崇鼎貫鼎及以其兵物所鑄銘也　魏

顆〔國語〕昔克潞之役秦來圖敗晉功魏顆以其身卻退秦師於輔氏親止杜回其勳銘於景鐘　孔悝〔禮記祭統〕有衛孔悝之鼎銘　飛廉〔秦本紀〕蜚廉爲紂石北方還無所報爲壇霍太山而報得石棺銘曰帝令處父不與殷亂賜爾石棺以華氏死遂葬於霍太山　靈公〔莊子〕衛靈公死卜葬于沙邱掘之數仞得石槨焉洗而視之有銘焉曰不馮其子靈公奪而埋之　蒿里見樂府鐃挽注　趙靈〔韓子〕趙主父令工施鉤梯而緣番吾刻疏人跡其上廣三尺長五尺而勒之曰主父嘗遊於此　秦昭〔韓子〕秦昭王令工施鉤梯而緣華山以松柏之心爲博箭長八尺棊長八寸而勒之曰昭王與天神博於此　勒岳〔秦始皇本紀〕始皇上泰山立石封祠祀刻石頌秦德焉而去　燕然〔竇憲傳〕南單于請兵北伐拜憲車騎將軍大破單于登燕然山刻石勒功紀漢威德令班固作銘　華陰〔古文苑〕華陰堂闕碑銘張昶爲北地太守段熲作　橋公之鉞〔蔡中郎集〕橋元黃鉞銘帝命將軍秉茲黃鉞威靈振耀如火之烈公之在位羣狄斯柔齊斧罔設人士斯休　朱穆之鼎〔蔡中郎集〕忠文朱公名穆字公叔延禧六年卒肆其孤用作茲寶鼎銘載休功俾後裔永用享祀以知其先之德按伯喈作朱公叔墳前石碑前用散體後系四言韻語至鼎銘則純作散體

大篇不著韻語所謂全成碑文也敬通馮衍傳衍字敬通所著賦誄銘說雜文五十篇崔駰崔駰傳駰字亭伯所著詩賦銘頌書記表七依婚禮結言達旨酒警合二十一篇李尤後漢書李尤字伯仁所著詩賦銘誄頌七歎哀典凡一十八篇文章流別論尤自山河都邑至刀筆笇契無不有銘而文多穢病九寶典論魏太子丕造寶劒寶刀三七首三皆因姿定名其文曰選洛良金命彼國工精而鍊之至於百辟恨不遇薛燭青萍也劒閣張載傳載父收蜀郡太守載至蜀省父道經劒閣以蜀人恃險好亂因著銘以作誡張敏見而奇之乃表上其文武帝遣使鐫之於劒閣焉夏逸周書文傳解引夏箴云中不容利民乃外次商呂氏春秋名類篇引商箴云天降災布祥并有其職百官左傳魏絳謂晉侯曰昔周辛甲之爲太史也命百官官箴王闕在勤左傳楚自克庸以來其君無日不討國人而訓之箴之曰民生在勤勤則不匱虞箴揚雄自序箴莫善於虞箴作州箴崔胡文章流別論揚雄依虞箴作十二州十二官箴傳於世不具九官崔氏累世彌縫其闕胡公又以次其首目而爲之解署曰百官箴潘勗衞覬傳建安末河南潘勗與凱並以文章顯文章志勗字元茂初名芝改名勗温嶠晉書温嶠遷太子中庶子在東宮數陳規諷獻

侍臣箴王濟〔王濟傳〕濟字武子文辭秀茂累官侍中以忤旨左遷國子祭酒潘尼〔晉書〕潘尼爲乘輿箴王朗〔王朗傳〕朗字景興歷官御史大夫所著奏議論記咸傳於世确切确堅正也〔崔實傳〕指切時要言辯而确

誄碑第十二

周世盛德、有銘誄之文、大夫之材、臨喪能誄、誄者、累也、累其德行、旌之不朽也、夏商已前、其詳靡聞、周雖有誄、未被于士、又賤不誄貴、幼不誄長、在萬乘則稱天以誄之、讀誄定謚、其節文大矣、自魯莊戰乘邱、始及于士、逮尼父卒、哀公作誄、觀其憖遺之切、嗚呼之歎、雖非叡作、古式存焉、至柳妻之誄惠子、則辭哀而韻長矣、暨乎漢世、承流而作、揚雄之誄元后、文實煩穢、沙麓撮其要、而摯疑成篇、（有脫誤）安有累德述尊、而闊略四句乎、杜篤之誄、有譽前代、吳誄雖工、而他篇頗疏、豈以見稱光武、而改盼千金哉、傅毅所制、文體倫序、孝山崔瑗、辨絜相參、觀其序事如傳、辭靡律調、固誄之才也、潘岳構意、專師孝山、巧於序悲、易入新切、（御覽作麗）所以隔代相望、能徽厥聲者也、至如崔駰誄趙、劉陶誄黃、並得憲章、工在簡要、陳思叨名、而體實繁緩、文皇誄末、旨

碑非文名誤始陸平原孫何糾之拔俗

言自陳、其乖甚矣、若夫殷臣誄湯、追褒玄鳥之祚、周史歌文、上闡后稷之烈、誄述祖宗、蓋詩人之則也、至於序述哀情、則觸類而長、傅毅之誄北海、云白日幽光、雰霧杳冥、始序致感、一作惑從御覽改遂爲後式、景而效者、彌取於工元作功謝改矣、詳夫誄之爲制、蓋選言録行、傳體而頌文、榮始而哀終、論其人也、曖乎若可覿、道其哀也、悽焉如可傷、此其旨也、碑者埤也、上古帝皇、紀號封禪、樹石埤岳、故曰碑也、周穆紀跡于弇山之石、亦古碑之意也、又宗廟有碑、樹之兩楹。事止（元作正）麗牲。未勒勳績。而庸器漸缺。故後代用碑。以石代金。同乎不朽。自廟徂墳。猶封墓也。自後漢以來、碑碣雲起、才鋒所斷、莫高蔡邕、觀楊賜之碑、骨鯁訓典、陳郭二文、詞（一作句從御覽改）無擇言、周乎衆碑、莫非清允、其敘事也該而要、其綴采也雅而澤、清詞轉而不窮、巧義出而卓立、察其爲才、自然而至、孔融所創、有慕伯喈、張陳兩文、辨給足采、亦其亞也、及孫綽爲文、志在碑誄、溫王郤庾、辭多枝雜、桓彞一篇、最爲辨裁、夫屬碑之體。資乎史才。其序則傳其文，則銘標序盛德。必見清風之華；昭紀鴻懿，必見峻偉之烈。此碑之制也。夫碑實銘器，銘實碑文，因器立名，事光（當作先）於誄。是以勒石讚勳者，入銘之域；樹碑述己者，同誄之區焉。

贊曰：

寫實追虛，碑誄以立。銘德慕行，文采允集。觀風似面，聽辭如泣。石墨鐫華，頹影豈忒。

大夫之材（見詮賦篇登高能賦注）賤不誄貴（禮記：賤不誄貴，幼不誄長，禮也。惟天子稱天以誄之，諸侯相誄，非禮也）魯莊（檀弓：魯莊公及宋人戰于乘丘，縣賁父御，卜國爲右。馬驚敗績，公隊，佐車授綏。公曰：末之卜也。縣賁父曰：他日

不敗績而今敗績是無勇也遂死之圉人浴馬有流矢在白肉公曰非其罪也遂誄之士之有誄自此始也

哀公左傳孔子卒哀公誄之曰旻天不弔不憖遺一老俾屏予一人

柳妻說苑柳下惠死門人將誄之妻曰將誄夫子之德耶則二三子不如妾知之也乃誄曰夫子之不伐兮夫子之不竭兮夫子之信成而與人無害兮柔屈從俗不強察兮蒙恥救民德彌大兮雖遇三黜終不弊兮豈弟君子永能厲兮嗟乎惜哉乃下世兮庶幾遐年今遂逝兮嗚呼哀哉神魂泄兮夫子之諡宜爲惠兮以在位煢煢余在疚嗚呼哀哉尼父無自律

誄元后漢書王莽建國五年元后崩詔揚雄作誄曰太陰之精沙麓之靈作合於漢配元生成

杜篤後漢書杜篤字季雅大司馬吳漢薨光武詔諸儒誄之篤爲誄最高帝美之

改盼千金國策蘇代說淳于髡曰人有賣駿馬者比三旦立市人莫之知伯樂還而視之去而顧之一旦而馬價十倍

孝山後漢書蘇順字孝山和安間以才學見稱所著賦論誄哀辭雜文凡十六篇

潘岳潘岳集有楊荊州誄楊仲武誄夏侯常侍誄馬汧督誄

劉陶劉陶傳陶字子奇濟北貞王勃之後著書數十萬言

自陳曹子建集文皇誄至咨遠臣之眇眇兮感凶問以怛驚以下皆自陳之辭

北海後漢書北海靖王興

齊武王伯升子也永平七年薨〔古文苑傳〕毅此誄其文不全亦無白日幽光之語

封禪〔管子〕古者封禪泰山禪梁父者七十二家

弇山〔穆天子傳〕天子觴西王母於瑤池遂驅升乎弇山乃紀迹於弇山之石而樹之槐眉曰西王母之山

麗牲〔祭義〕牲入廟門麗于碑〔說文注〕古宗廟立碑繫牲後人因於上紀功德〔孫何碑解〕碑者乃葬祭饗聘之際所植一大木耳而其字從石者將取其堅且久未聞勒銘其上也今喪葬令其螭首龜趺洎丈尺品秩之制又易之以石者後儒增耳

碑碣〔後漢書注〕方者謂之碑圓者謂之碣

楊賜〔楊賜傳〕賜字伯獻歷官太尉卒謚文烈蔡中郎集有司空文烈侯楊公碑

陳郭〔蔡中郎集〕有陳太邱碑郭有道碑

孔融〔孔融傳〕融字文舉與蔡邕素善邕卒後有虎賁士貌類於邕融每酒酣引與之同坐曰雖無老成人尚有典型所著詩頌碑文凡二十五篇

張陳兩文孔文舉有衛尉張儉碑銘陳文無考融歿於曹子建之前非陳思王也

孫綽〔孫綽傳〕綽字興公歷官著作郎於時文士綽爲其冠溫王郗庾諸公之薨必須綽爲碑文然後刊石〔世說新語〕孫興公作庾公誄多寄託之辭既成示庾道恒庾見慨然送還之曰先君與君自不至於此

桓彝〔桓彝傳〕彝字茂倫歷官宣城內史在郡蘇峻反爲其將韓晃所害綽爲碑文

哀弔第十三

賦憲（孫云當作議德）之謚、短折曰哀、哀者依也悲實依心故曰哀也以辭遣哀蓋不淚之悼、故不在黃髮、必施夭（元作天）昏、昔三良殉秦、百夫莫贖事均夭橫黃鳥賦哀、抑亦詩人之哀辭乎、暨漢武封禪、而霍子侯（元作光病曹改又一本作霍嬗）暴亡、帝傷而作詩、亦哀辭之類矣、及後漢汝陽王亡、崔瑗哀辭、始變前式（元作戒謝改）然履突鬼門、怪而不辭、駕龍乘雲、仙而不哀、又卒章五言、頗似歌謠、亦彷彿乎漢武也、至於蘇慎（疑作順）張升、並述哀文雖發其情華，而未極心實。建安哀辭，惟偉長差善，行女一篇，時有惻怛。及潘岳繼作，實踵其美。觀其慮善辭變，情洞悲苦，敘事如傳，結言摹詩，促節四言，鮮有緩句；故能義直而文婉，體舊而趣新，金鹿澤蘭，莫之或繼也。原夫哀辭大體，情主於痛傷，而辭窮乎愛惜。幼未成德，故譽止於察惠；（譽字御覽作與言二字）弱不勝務，故悼加乎膚色。（悼字下御覽有惜字膚一作容）隱心而結文則事愜，觀文而屬心則體奢。奢體為辭，則雖麗不哀；必使情往會悲，文來引泣，乃其貴耳。弔者，至也。詩云神之弔矣言神至也、君子令終定諡、事極理哀故賓之慰主、以至到爲言也、壓溺乖道所以不弔矣、又宋水鄭火、行人奉辭、國災民亡、故同弔也、及晉築虒（元作虎孫改）臺齊襲燕城史趙（元脱孫補）蘇秦翻賀爲弔虐民搆敵亦亡之道凡斯之例弔之所設也或驕貴而殞身或狷忿（御覽作介）以乖道或有志而無時或美才而兼累追而慰之並名爲弔自賈誼浮湘、發憤弔屈、體同而事覈、辭清而理哀、蓋首出之作也、及相如之弔二世、全爲賦體、桓譚以爲其言惻愴、讀者歎息、及平（一作卒）章要切、斷而能悲也、揚雄弔屈、思積功寡、意深文略、故辭韻沉膇、班彪蔡邕、並敏于致語、然影附賈氏、難爲並驅耳、胡阮之弔夷齊、褒而無聞、仲宣所制、譏呵實工、然則胡阮嘉其清、王子傷其隘、各（一本下有其字）志也、禰衡之弔平子、縟麗而輕清、陸機之弔魏武、序巧而文繁、降斯以下、未有可稱者矣、夫弔雖古義、而華辭未造。華過韻緩、則化而爲賦。固宜正義以繩理。昭德而塞違。割析褒貶。哀而有正。則無奪倫矣。

贊曰

辭定所表、在彼弱弄、苗而不秀、自古斯慟、雖有通才、迷方告（一作失）控、千載可傷、寓言以送、

短折（汲冢周書蚤孤短折曰哀恭仁短折曰哀）天昏（左傳札瘥夭昏注夭死曰札小疫曰瘥短折曰夭未名曰昏）三良（左傳秦伯任好卒以子車氏之三子爲殉皆秦之良也國人哀之爲之賦黃鳥詩秦風黃鳥篇是也）霍子侯（霍去病傳去病薨子嬗嗣嬗字子侯上愛之幸其壯而將之爲奉車都尉從封泰山而薨漢武帝集嬗死上甚悼之乃自爲歌詩）哀辭（文章流別論哀辭者誄之流也）張升（後漢書張升字彥眞著賦誄頌碑書凡六十篇）行女（曹子建集行女哀辭三年之中二子頻喪文章流別論建安中文帝與臨淄侯各失稚子命徐幹劉楨等爲哀詞是偉長亦有行女篇也）金鹿澤蘭（潘岳集金鹿哀辭金鹿岳之幼子也又爲任子咸妻作孤女澤蘭哀詞澤蘭子咸之女也）厭溺（檀弓死而不弔者三畏厭溺）宋水

〔左傳〕莊公十一年秋宋大水公使弔焉曰天作淫雨害於粢盛若之何不弔 **鄭火**〔左傳〕昭公十八年宋衛陳鄭皆火陳不救火許不弔災 **虎臺**〔左傳〕游吉相鄭伯以如晉亦賀虎祁也史趙見子太叔曰甚哉其相蒙也可弔也而又賀之 **翻賀爲弔**〔國策〕燕易王初立齊宣王因燕喪而攻之取十城蘇秦爲燕說齊王再拜而賀因仰而弔曰燕雖弱小秦王之少壻也大王利其十城而與強秦爲讐是食烏喙之類也齊王曰善歸燕之十城 **浮湘**〔賈誼傳〕誼爲長沙王傅意不自得及度湘水爲賦以弔屈原 **弔二世**〔司馬相如傳〕武帝還過宜春宮相如奏賦以哀二世行失〔注〕宜春本秦之離宮胡亥於此爲閻樂所殺故感其處而哀之也 **弔屈**〔揚雄傳〕雄作書往往摭離騷文而反之自崏山投諸江流以弔屈原名曰反離騷 **沉膇**〔左傳〕沉溺重膇之疾 **蔡邕**〔蔡邕集〕弔屈原文卒壞覆而不振顧抱石其何補 **胡阮**〔文選思舊賦注〕胡廣弔夷齊文曰援翰錄弔以舒懷兮〔魏志〕阮瑀字元瑜爲魏武管記室弔伯夷文曰余以王事適彼洛師瞻望首陽敬弔伯夷求仁得仁見歎仲尼沒而不朽身滅名飛 **禰衡**〔後漢書〕禰衡字正平弔平子文余今反國命駕言歸路由西鄂追弔平子平子張衡字也衡楚西鄂人 **弔魏武**〔陸機弔魏武文〕悼繐帳之

冥冥怨西陵之茫茫登雀臺而羣悲眄美目其何望）弱弄（左傳弱不好弄）苗而不秀（揚子法言育而不苗者吾家之童烏乎　世說新語王戎子萬子有大成之風苗而不秀）告控（左傳翦焉傾覆無所控告）

雜文第十四

智術之子、博雅之人、藻溢於辭、辭盈乎氣、苑囿文情、故曰新殊致、宋玉含才、頗亦負俗、始造對問、以申其志、放懷寥廓、氣實使之、及枚乘摛艷、首製七發、腴辭雲搆、夸麗風駭、蓋七竅所發、發乎嗜欲、始邪末正、所以戒膏粱之子也、揚雄覃思文闊、業深綜述、碎文璅語、肇爲連珠、（玉海作揚雄覃思文閣碎文璅語肇爲連珠）其辭雖

凡此數子總難免屋下架屋之譏七體如子厚晉問對則退之進學解體製仍前而詞義超越矣

小而明潤矣凡此三者文章之枝派暇豫之末造也自對問以後東方朔效而廣之名爲客難託古慰志疎而有辨揚雄解嘲雜以諧謔迴環自釋頗亦爲工班固賓戲含懿采之華崔駰達旨吐典言之裁張衡應間密而兼雅崔寔客譏整而微質蔡邕釋誨體奥而文炳景純客傲情見而采蔚雖迭相祖述然屬篇之高者也至於陳思客問辭高而理疎庾敳元作凱欽改客咨意榮而文悴元作粹朱改斯類甚衆無所取裁矣原茲文之設迺發憤以表志身挫憑

乎道勝。時屯寄於情泰。莫不淵岳其心。麟鳳其采。此立本之大要也。自七發以下，作者繼踵、觀枚氏首唱、信獨拔而偉麗矣、及傅毅七激、會清要之工、崔駰七依、入博雅之巧、張衡七辨、結采綿靡、崔瑗七厲、植義純正、陳思七啓、取美於宏壯、仲宣七釋、致辨於事理、自桓麟七說以下、左思七諷以上、枝附影從、十有餘家、或文麗而義暌、或理粹而辭駮、觀其大抵所歸、莫不高談宮館、壯語畋獵、窮瓌奇之服饌、極蠱媚之聲色、甘意搖骨體。楊云當作髓艷詞動魂識，雖始之以淫侈，而終之以居正。然諷一勸百，勢不自反。子雲所謂先騁鄭衛之聲，曲終而奏雅者也。唯七厲敘賢，歸以儒道，雖文非拔羣，而意實卓爾矣。自連珠以下，擬者間出。杜篤、賈逵之曹，劉珍、潘勗之輩，欲穿明珠，多貫魚目。可謂壽陵匍匐，非復邯鄲之步；里醜（元作配，謝改）捧心，不關西施之嚬矣。唯士衡運思，理新文敏，而裁章置句，廣於舊篇，豈慕朱仲四寸之璫乎！夫文小易周，思閑可贍，足使義明而詞淨，事圓而音澤，磊磊自轉，可稱珠耳。詳夫漢來雜文、名號多品、或典誥誓問、或覽略篇章、或曲操弄引、或吟諷謠詠、總括其名、並歸雜文之區、甄別其義、各入討論之域、類聚有貫、故不曲述

贊曰

偉矣前修、學堅多飽、負文餘力。飛靡弄巧。枝辭攢映、嘒若參昴、慕顰之心、於焉祇攪、

負俗（漢武帝紀士或有負俗之累而立功名）對問（文選宋玉對楚王問楚襄王問於宋玉曰先生其有遺行與何士民衆庶不譽之甚也對曰唯然有之願大王寬其罪使得畢其辭）七發（文選註七發者說七事以啓發太子也猶楚詞七諫之流枚乘事梁孝王恐孝王反故作七發以諫之）連珠（傅元敍連珠曰連珠者興於漢章之世班固賈逵傅毅三子受詔作之其文體辭麗而言

約不指說事情必假喻以達其旨而覽者微悟合於古詩勸興之義欲使歷歷如貫珠易覩而可悅故謂之連珠也按文章緣起連珠揚雄作是連珠非始於班固也嗣後潘勗擬連珠魏王粲倣連珠晉陸機演連珠宋顏延之範連珠齊王儉暢連珠梁劉孝儀探物作豔體連珠又陳懋仁文章緣起注北史李先傳魏帝召先讀韓子連珠二十二篇韓子韓非子書中有聯語先列其目而後著其解謂之連珠據此則連珠又兆韓非矣

客難東方朔傳朔上書陳農戰彊國之計辭數萬言終不見用朔因著論設客難已用位卑以自慰諭

解嘲揚雄傳哀帝時丁傅董賢用事諸附離之者或起家至二千石時雄方草太元有以自守泊如也或嘲雄以元尚白而雄解之號曰解嘲

賓戲班固漢書敘傳固永平中為郎典校秘書專篤志於博學以著述為業或譏以無功又感東方朔揚雄自諭以不遭蘇張范蔡之時曾不折之以正道明君子之所守故聊復應焉其辭曰賓戲

達旨崔駰傳駰常以典籍為業未遑仕進之事或譏其太元靜將以後名失實因擬揚雄解嘲作達旨以答焉

應間張衡傳衡不慕當世所居之官輒積年不徙自去史職五載復還乃設客問作應間以見其志

客譏客疑作答崔實傳實因窮困以酤釀販鬻為業時人多以此譏之建寧中病卒所著碑論箴銘答七言詞文表記書凡十五篇

釋

誨〔蔡邕傳〕邕閑居翫古不交當世感東方朔客難及揚雄班固崔駰之徒設疑以自通乃斟酌羣言韙其是而矯其非作釋誨以戒厲云爾客

傲〔郭璞傳〕璞字景純好卜筮縉紳多笑之又自以才高位卑乃著客傲庾敳〔晉書庾敳〕字子嵩首唱〔傳元七謨序〕昔

枚乘作七發而屬文之士作者紛焉通儒大才馬季長張平子亦引其源而廣之馬作七厲張造七辨七激〔後漢文苑傳〕傅毅以顯宗

求賢不篤士多隱處作七激以爲諷七依七辯注詳下崔瑗七厲〔崔瑗傳〕有七蘇無七厲七啓

七釋〔曹子建七啓序〕昔枚乘作七發傅毅作七激張衡作七辯崔駰作七依辭各美麗余有慕之焉遂作七啟并命王粲作焉粲字

仲宣作者曰七釋七說〔摯虞文章志〕桓麟文在者十八篇有七說一篇曲終奏雅〔漢書〕揚雄以爲靡麗之賦勸百

風一猶騁鄭衛之音曲終奏雅不已戲乎杜篤〔後漢文苑傳〕杜篤所著賦誄弔書讚七言女誡及雜文凡十八篇賈逵〔賈逵傳〕逵

作詩頌誄書連珠酒令凡九篇劉珍〔後漢文苑傳〕劉珍著誄頌連珠凡七篇魚目〔參同契〕魚目豈爲珠蓬蒿不成檟

壽陵〔莊子秋水篇〕子獨不聞夫壽陵餘子之學行於邯鄲與未得國能又失其故行矣直匍匐而歸耳里醜〔莊子天運篇〕西

施病心而矉其里其里之醜人見而美之歸亦捧心而矉其里

四寸璫〔列仙傳〕朱仲者會稽市販珠人魯元公主以七百金從仲求珠仲乃獻四寸珠而去〔風俗通〕耳珠曰璫

典〔爾雅〕典經也〔後漢文苑傳〕李尤所著詩賦銘誄頌七歎哀典凡二十八篇

誥〔爾雅〕誥誓謹也〔注〕皆所以約勤謹戒衆〔文章緣起〕誥漢司隸從事馮衍作

誓〔文章緣起〕誓漢蔡邕作艱誓

問對問

覽〔呂不韋傳〕不韋使其客人人著所聞集論以爲八覽六論十二紀二十餘萬言號曰呂氏春秋

略〔漢藝文志〕劉歆總羣書而奏其七略

篇〔漢藝文志〕凡將一篇司馬相如作急就一篇黃門令史游作元尚一篇將作大匠李長作

章〔藝文志〕蒼頡七章者秦丞相李斯所作也爰歷六章者車府令趙高所作也博學七章者太史令胡毋敬所作也

曲鼓吹曲一曰短簫鐃歌〔蔡邕禮樂志〕短簫鐃歌軍樂也黃帝岐伯所作以建威揚德風敵勸士也〔晉書樂志〕武帝令傅玄製鼓吹曲二十二篇以代魏曲

操〔風俗通〕閉塞憂愁而作命其曲曰操操者言遇灾遭害困厄窮迫雖怨恨失意猶守禮義不懼不懾樂道而不失其操者也

弄〔琴書〕蔡邕雅好琴道入青溪訪鬼谷先生所居山有五曲一曲製一弄

引〔古今注〕箜篌引朝鮮津卒霍里子高妻麗玉所作也

吟〔古今樂錄〕張永元嘉技錄有吟歎四曲一曲大雅吟

諷七諷

謠〔爾雅〕徒歌謂之謠〔穆

天子傳有白雲謠、黄澤謠、詠〔辨樂論〕神農教民食穀有豐年之詠夏侯湛作離親詠

諧隱第十五

芮良夫之詩云、自有肺腸、俾民卒狂、夫心險如山、口壅若川、怨怒之情不一、歡謔之言無方、昔華元棄甲、城者發睅目之謳、臧紇喪師、國人造侏儒之歌、並嗤戲形貌、内怨為俳也、又蠶蟹鄙謗、貍首淫哇、苟可箴戒、載于禮典、故知諧辭讔言、亦無棄矣、諧之言皆也、辭淺會俗、皆悦笑也、昔齊威（元作宣許改）酣樂、而淳于説甘酒、楚襄讌集、而宋玉賦好色、意在

微諷，有足觀者。及優旃之諷漆城，優孟之諫葬馬，並譎辭飾說，抑止昏暴。是以子長編史，列傳滑稽。以其辭雖傾回，意歸義正也。但本體不雅，（一作雜）其流易弊。於是東方枚皋，餔糟啜醨，無所匡正，而詆嫚媟（元作媒謝改）弄，故其自稱爲賦，迺亦俳也。見視如倡，亦有悔矣。至魏文（元作大）因俳說以著笑（元作茂孫改）書，薛綜憑宴會而發嘲調，雖抃推（疑誤）席，而無益時用矣。然而懿文之士，未免枉轡。潘岳醜婦之屬，束皙賣餅之類，尤而（一作相）效之，蓋以百數。魏晉滑稽，盛相驅扇，遂乃應瑒之鼻、方於盜削卵、張華之形、比乎握舂杵、曾是莠言。有虧德音。豈非溺者之妄笑。（元作茂朱改）胥靡之狂歌歟。讔者隱也、遯辭以隱意、譎譬以指事也、昔還社（元作楊）求拯（元作極）于楚師、喻眢井而稱麥麴、叔儀乞糧于魯人、歌佩玉而呼庚癸、伍舉刺荊王以大鳥、齊客譏薛公以海魚、莊姬託辭于龍尾、臧文謬書于羊裘、隱語之用、被于紀傳、大者興治濟身、其次弼違曉惑、蓋意生于權譎。而事出于機急。與夫諧辭。可相表裏者也。漢世隱書十有八篇、歆固編文録之歌末、昔楚莊齊威、性好隱語、至東方曼倩、尤巧、辭述、但謬辭詆戲、無益規補、自魏代已來、頗非俳優、而君子嘲（一本無嘲字）隱化爲謎語、謎也者、迴互其辭、使昏迷也、或體目文字、或圖象品物、纖巧以弄思。（元作忠謝改）淺察以衒辭。義欲婉而正。辭欲隱而顯。荀卿蠶賦、已兆其體、至魏文陳思、約而密之、高貴鄉公博舉品物、雖有小巧、用乖遠大、夫觀古之爲隱、理周要務、豈爲童稚之戲謔、搏髀而抃笑哉、然文辭之有諧讔。譬九流之有小說。蓋稗官所采。以廣視聽。若效而不已。則髡袒而入室。旃、孟之石交乎。

贊曰

古之嘲隱、振危釋憊、雖有絲麻、無棄菅蒯、會義適時頗益諷誡、空戲滑稽、德音大壞

芮良夫〔詩桑柔傳〕芮伯刺厲王之詩〔左傳〕周芮良夫之詩 心險〔莊子〕孔子曰凡人心險於山川 口壅〔國語〕召公曰防民之口甚於防川川壅而潰傷人必多民亦如之 華元〔左傳〕宋華元獲於鄭宋以兵車文馬贖之宋城華元爲植城者謳曰睅其目皤其腹棄甲而復于思于思棄甲復來 臧紇〔左傳〕臧紇救鄫侵邾敗於狐駘國人誦之曰臧紇之狐裘敗我於狐駘我君小子朱儒是使朱儒朱儒使我敗於邾 蠶蠏〔檀弓〕成人有其兄死而不爲衰者聞子皋將爲成宰遂爲衰成人曰蠶則績而蠏有匡范則冠而蟬有緌兄則

死而子皐爲之衰

貍首 檀弓原壤之母死孔子助之沐椁原壤登木歌曰貍首之斑然執女手之卷然

說甘酒 滑稽列傳齊威王好爲長夜之飲置酒後宮召淳于髡賜之酒問曰先生能飲幾何而醉對曰臣飲一斗亦醉一石亦醉故曰酒極則亂樂極則悲萬事盡然言不可極極之而衰以諷諫焉王曰善乃罷長夜之飲

賦好色 文選大夫登徒子侍于楚襄王短宋玉玉著登徒子好色賦王稱善

諷漆城 滑稽列傳秦二世欲漆其城優旃曰善漆城蕩蕩寇來不能上即欲就之易爲漆耳顧難爲蔭室於是二世笑之以其故止

諫葬馬 滑稽列傳楚莊王有所愛馬死欲以棺椁大夫禮葬之優孟曰以楚國堂堂之大何求不得而以大夫禮葬之薄請以人君禮葬之諸侯聞之皆知大王賤人而貴馬也於是王乃使以馬屬太官無令天下久聞也

滑稽 史記滑稽列傳注崔浩云滑音骨稽流酒器也轉注吐酒終日不已言出口成章辭不窮竭若滑稽之吐酒故揚雄酒賦云鴟夷滑稽腹大如壺盡日盛酒人復藉沽是也又姚察云滑稽猶俳諧也滑讀如字稽音計也言諧語滑利其計智疾出故云滑稽

東方枚皐 枚皐傳自言爲賦不如相如又言爲賦迺俳見視如倡自悔類倡也故其賦有詆諆東方朔又自詆諆其文

餔糟啜醨

〔楚辭〕衆人皆醉何不餔其糟而歠其釃

薛綜〔薛綜傳〕綜字敬文仕吳守謁者僕射蜀使張奉來聘綜嘲之曰有犬爲獨無犬爲蜀横目勾身蟲入其腹

束晳〔束晳傳〕束嘗爲勸農及餅諸賦文頗鄙俗時人薄之

溺者〔左傳〕吳王曰溺人必笑吾將有問也

胥靡〔書傳〕使胥靡刑人築護此道說賢而隱代胥靡築之以供食疏胥相也靡隨也古者相隨坐輕刑之名又〔漢書注〕師古曰聯繫使相隨而服役之故謂之胥靡猶今之役囚徒以鎖聯綴耳

眢井麥麴〔左傳〕楚子圍蕭還無社與司馬卯言號申叔展叔展曰有麥麴乎曰無有山鞠窮乎曰無河魚腹疾奈何曰目於眢井而拯之

佩玉庚癸〔左傳〕哀公十三年夏公會單平公晉定公吳夫差于黃池吳申叔儀乞糧於公孫有山氏曰佩玉蘂兮余無所繫之旨酒一盛兮余與褐之父睨之對曰粱則無矣麤則有之若登首山以呼曰庚癸乎則諾〔杜注〕庚西方主穀癸北方主水

大鳥〔楚世家〕莊王即位三年不出號令伍舉曰願有進隱曰有鳥在於阜三年不蜚不鳴是何鳥也莊王曰三年不蜚蜚將冲天三年不鳴鳴將驚人舉退矣吾知之矣

海魚〔戰國策〕靖郭君將城薛曰毋爲客通齊人有請者曰臣請三言而已矣因見之客趨而進曰海大魚君曰客有於此客曰君不聞大魚乎網不能止鉤不能牽蕩而失水

則螻蟻得意焉今夫齊亦君之水也君長齊奚以薛爲夫齊雖隆薛之城到於天猶之無益也君曰善乃輟城薛 龍尾〔列女傳〕楚

莊姬上隱語於王曰大魚失水有龍無尾墻欲內崩而王不視王問之對曰魚失水離國五百里也龍無尾年三十無太子也墻崩不視禍將成

而王不改也 羊裘〔列女傳〕臧文仲使於齊齊拘之文仲微使人遺公書謬其辭曰斂小器投諸台食獵犬組羊裘琴之合甚思之毋

見書而泣曰吾子拘而有木治矣 漢世隱書〔漢藝文志〕隱書十八篇師古曰劉向別録云隱書者疑其言以相問對者

以慮思之可以無不諭 性好隱語〔滑稽列傳〕齊威王之時喜隱索隱曰喜隱謂好隱語 曼倩〔東方朔傳〕舍人

恚曰朔擅詆欺天子從官當棄市上問朔何故詆之對曰臣非敢詆之乃與爲隱耳舍人不服因曰臣願復問朔隱語朔應聲輒對變詐鋒出

莫能窮者 謎〔古詩所〕鮑照有井字謎 蠶賦〔賦苑〕荀卿蠶賦通篇皆形似之言至末語始云夫是之謂蠶理 高貴鄉

公〔晉陽秋〕高貴鄉公神明爽儁德音宣朗景王曰上何如主也鍾會對曰才同陳思武類太祖景王曰若如卿言社稷之福也 九流

〔漢藝文志〕有儒家者流道家者流陰陽家者流法家者流名家者流墨家者流縱橫家者流雜家者流農家者流小說家者流諸子十家其可

觀者九家而已**稗官**漢藝文志小說家者流蓋出於稗官街談巷語道聽塗說之所造也如淳曰王者欲知閭巷風俗故立稗官使稱說之師古曰稗官小官漢名臣奏唐林請省置吏公卿大夫至都官稗官各減什三是也**石交**史記棄仇讐而得石交

男　登賢雲門
　　登穀春畬　校

文心雕龍卷第三

文心雕龍卷第四

北平黄叔琳崑圃輯注

梁劉　勰撰

武原陳　濟三蕉

當湖張奕樞今涪　叅訂

史傳第十六

開闢草昧歲紀綿邈居今識古其載籍乎軒轅之世史有倉頡主文之職其來久矣曲禮曰史載筆左右史者使也執筆左右（八字元脱按胡孝轅本補）使之記也（元作已按胡本改）古（元脱孫補）者左史記事者右史記言者言經則尚書

事經則春秋唐虞流于典謨商夏被于誥誓自（汪本作洎）周命維新姬公定法紬三正以班歷貫四時以聯事諸侯建邦各有國史彰善癉惡樹之風聲自平王微弱政不及雅憲章散紊彝倫攸斁昔者（二字從御覽增）夫子閔王道之缺傷斯文之墜靜居以歎鳳臨衢而泣麟於是就太師以正雅頌因魯史以修春秋舉得失以表黜陟徵存亡以標勸戒襃見一字貴踰軒冕貶在片言誅深斧鉞然睿旨存亡（二字衍）幽隱（胡本作秘）經文婉約邱明同時實得微言乃原始要終創

爲傳體、傳者轉也、轉受經旨、以授於後、實聖文之羽翮、記籍之冠冕也、及至從横之世、及字從御覽增史職猶存、秦并七王、而戰國有策、蓋録而弗敘、故即簡而爲名也、漢滅嬴項、武功積年、陸賈稽古、作楚漢春秋、爰及太史談、世惟執簡、子長繼志、元作至胡改甄序帝勣、比堯稱典、則位雜中賢、法孔題經、則文非元聖、故取式吕覽、通號曰紀、紀綱之號、亦宏稱也、元脱謝補故本紀以述皇王、列傳以總侯伯、八書以鋪政體、十表以譜年爵、雖殊古式、而得事序焉、爾其實録無隱之旨、博雅宏辯之才、愛奇反經之尤、條例踳落之失、叔皮論之詳矣、及班固述漢、因循前業、觀司馬遷之辭、思實過半、其十志該富、讚序弘麗、儒雅彬彬、信有遺味、至於宗經矩聖之典、端緒豐贍之功、遺親攘美之罪、徵賄鬻筆之愆、公理辨之究矣、觀夫左氏綴事。附經間出。于文爲約。而氏族難明。及史遷各傳。人始區詳而易覽。述者宗焉。及孝惠委機、呂后攝政、班史立紀、違經失元脱朱補實、何則、庖犧以來、未聞女帝者也、漢運所值、難爲後法、牝雞無晨，武王首誓；婦無與國，齊桓著盟；宣后亂秦，呂氏危漢；豈唯政事難假，亦名號宜慎矣。張衡司史，而惑同遷固，元帝王（元作年，二孫改）后，欲爲立紀，謬亦甚矣。尋子弘雖僞，要當孝惠之嗣；孺子誠微，實繼平帝之體；二子可紀，何有於二后哉？至於後漢紀傳，發源東觀，袁張所製，偏駁不倫；薛謝之作，疎謬少信。若司馬彪之詳實，（若字從御覽增）華嶠之準當，則其冠也。及魏代三雄，記傳互出，陽秋魏略之屬，江表吴録之類，或激抗難徵，或（元脱，謝補）疎闊寡要。唯陳壽三志，文質辨洽、荀張比之於遷固、非妄譽也、至於晉代之書、繁乎著作、陸機肇始而未備、王韶續末而不終、干寶述紀、以審正得御覽作明序、孫盛陽秋、以約舉爲能、按春秋經傳、舉例發凡、自史漢以下、莫有準的、至鄧璨元作瑈朱改晉紀、始立條例、又擺落一作撮略從御覽改漢魏、憲章殷周、雖湘川曲學、亦有心典謨、及安元作交朱改國立例、乃鄧氏之規焉、原夫載籍之作也、必貫乎百氏元作姓被之千載、表徵盛衰、殷鑒興廢、使一代之制、共日月而長存、王霸之跡、並天地而久大、是以在漢之初、

蕭茂挺所以欲復編年體也

史職爲盛、郡國文計、先集太史之府、欲其詳悉於體國。必閲石室、啓金匱、抽裂帛、檢殘竹、欲其博練於稽古也。是立義選言。宜依經以樹則。勸戒與奪。必附聖以居宗。然後銓評昭整。苛濫不作矣。然紀傳爲式。編年綴事。文非泛論。按實而書。歲遠則同異難密。事積則起訖易疎。斯固總會之爲難也。或有同歸一事。而數人分功。兩記則失於複重。偏舉則病於不周。此又銓配之未易也。故張衡摘史班之舛濫。傅玄譏後漢之尤煩。皆此類也。若夫追述

古史之失

遠代代遠，多僞。公羊高云「傳聞異辭」，荀況稱「録遠略近」。蓋文疑則闕，貴信史也。然俗皆愛奇，莫顧實理。傳聞而欲偉其事，録遠而欲詳其跡。於是棄同即異，穿鑿傍説，舊史所無，我書則傳。此訛濫之本源，而述遠之巨蠹也。至於記編同時，時(元脱，胡補)同多詭，雖定哀微辭，而世情利害。勳榮之家，雖庸夫而盡飾；迍敗之士，雖令德而常嗤。理欲(二字衍)吹霜喣(一作噴，從御覽改)露，寒暑筆端，此又同時之枉，可爲歎息者也(爲字從御覽增)。故(元作欲，朱改)述遠則誣矯如彼，記近則回邪如此，析理居正，唯素臣元作心，今改乎？若乃尊賢隱諱，固尼父之聖旨，蓋纖瑕不能玷瑾瑜也；奸慝懲戒，實良史之直筆，農夫見莠，其必鋤也：若斯之科，亦萬代一準焉。至於尋繁領雜之術，務信棄奇之要，明白頭訖之序，品酌事例之條，曉其大綱，則衆理可貫。然史之爲任，乃彌綸一代，負海内之責，而贏是非之尤，秉筆荷擔，莫此之勞。遷、固通矣，而歷詆後世。若任情失正，文其殆哉。

贊曰

史肇軒黄、體備周孔、世歷斯編、善惡偕總、騰褒裁貶、萬古魂動、辭宗邱明、直歸南董、

倉頡叙世本注黄帝之世始立史官倉頡沮誦居其職矣左右史玉藻動則左史書之言則右史書之言經則尚書王肅曰上所言下爲史所書故曰尚書事經則春秋諸侯年表孔子西觀周室論史記舊聞興於魯而次春秋以制義法王道備人事浹左邱明因孔子史記具論其語成左氏春秋虞卿上采春秋下觀近世爲虞氏春秋呂不韋集六國時事爲呂氏春秋三正書甘誓怠棄三正注三正子丑寅之正也四時杜預春秋序記事者以事繫日以日繫月以月繫時以時繫年史之所記必表年以首事年有四時故錯舉以爲所記之名泣麟孔叢子叔孫氏之車子曰鉏商樵於野而獲獸焉衆莫之識以爲不祥棄之五父之衢孔子往觀泣曰麟也麟出而死吾道窮矣創爲傳體春秋序左邱明受經於仲尼以爲經者不刊之書也故傳或先經以始事或後經以終義或依經以辯理或錯經以合異隨義而發其例之所重戰國有策

〔戰國策劉向序〕國策或曰國事，或曰短長，或曰事語，或曰長書，或曰修書。臣向以爲戰國時游士輔所用之國，爲之策謀，宜爲戰國策。其事繼春秋以後，訖楚漢之起，二百四十五年間之事，皆定以殺青，書可繕寫，得三十三篇。

楚漢春秋〔史記索隱〕陸賈撰記項氏與漢高祖初起之事，名楚漢春秋。

世惟執簡〔太史公自序〕司馬喜生談，談爲太史公，仕於建元元封之間，有子曰遷。遷太史公發憤且卒，執遷手而泣曰：余先周室之太史也，自上世嘗顯功名虞夏，典天官事，後世中衰，絕於予乎？汝復爲太史，則續吾祖矣。談卒三歲而遷爲太史令。

子長繼志〔司馬遷傳〕太史公仍父子相繼纂其職，曰：余維先人罔羅天下放失舊聞，王迹所興，原始察終，見盛觀衰，論考之行事，略三代，錄秦漢，上紀軒轅，下至於茲，著十二本紀，既科條之矣。並時異世，年差不明，作十表。禮樂損益，律歷改易，兵權山川鬼神，天人之際，承敝通變，作八書。二十八宿環北辰，三十輻共一轂，運行無窮，輔弼股肱之臣配焉，忠信行道，以奉主上，作三十世家。扶義俶儻，不令已失時，立功名於天下，作七十列傳。凡百三十篇，爲太史公書。遷字子長。

呂覽注見雜文篇

實錄無隱〔司馬遷傳贊〕劉向揚雄皆稱遷有良史之材，服其善序事理，其文直，其事核，不虛美，不隱惡，故謂之實錄。

愛奇〔揚子

法言多愛不忍子長也仲尼多愛愛義也子長多愛愛奇也〔史記敘傳〕但美其長不愛其短故曰愛奇 條例 〔檀超傳〕超與江淹掌史職上表立條例 叔皮論之 〔班彪傳〕彪字叔皮斟酌前史而譏正得失其略論曰遷之所紀採經摭傳分散百家之事甚多疏略論學術則崇黃老而薄五經序貨殖則輕仁義而羞貧窮道游俠則賤守節而貴俗功此其大敝傷道也又曰一人之精文重思煩故其書刊落不盡尚有盈辭多不齊一 述漢 〔漢書敘傳〕固探纂前記綴輯所聞以述漢書起於高祖終於孝平王莽之誅十有二世二百三十年綜其行事爲春秋考紀表志傳凡百篇 十志 律歷禮樂刑法食貨郊祀天文五行地理溝洫藝文 遺親攘美 史記必稱父談太史公漢書多踵彪所作後傳而曾不及之 徵賄鬻筆 〔陳壽傳〕丁儀丁廙有盛名於魏壽謂其子曰可覓千斛米見與當爲尊公作佳傳丁不與之竟不爲立傳 公理 〔後漢書〕仲長統字公理著論曰昌言略曰數子之言當世得失皆究矣然多謬通方之訓好申一隅之說 委機攝政 〔漢外戚傳〕惠帝以戚夫人事因病歲餘不能起日飲爲淫樂不聽政七年而崩迺立孝惠後宮子爲帝太后臨朝稱制 立紀 漢書高后紀第三 牝雞 見書牧誓 婦無與

國〔穀梁傳〕葵邱之盟曰毋使婦人與國事**亂秦**〔匈奴列傳〕秦昭王時義渠戎王與宣太后亂有二子**危漢**〔高后紀〕太
后以惠帝無子取後宮美人子名之以爲太子惠帝崩太子立爲皇帝年幼太后臨朝稱制迺立兄子呂台產祿台子通四人爲王封諸呂六
人爲列侯四年夏少帝自知非皇后子出怨言皇太后幽之永巷立恒山王弘爲皇帝太后崩祿產謀作亂悉捕諸呂皆斬之大臣相與陰謀
以爲少帝及三弟爲王者皆非孝惠子復共誅之尊立文帝**元后**〔張衡傳〕衡以爲王莽本傳但應載篡事而已至於編年月紀災
祥宜爲元后本紀**子弘**〔呂氏本紀〕惠帝二年常山王不疑薨以其弟襄成侯山爲常山王更名義孝惠崩太子立爲帝太后以帝病久
不已不能繼嗣帝廢位立常山王義爲帝更名曰弘**孺子**〔王莽傳〕平帝崩時元帝世絕而宣帝曾孫有見王五人莽惡其長大曰兄
弟不得相爲後迺選元孫中最幼廣戚侯子嬰年二歲託以爲卜相最吉立之**東觀**東觀漢記一百四十三卷起光武至靈帝劉
珍等撰**袁張**後漢書一百一卷袁山松撰後漢南記五十八卷張瑩撰**薛謝**後漢記一百卷薛瑩撰後漢書一百三十
卷無帝紀謝承撰**司馬彪**〔司馬彪傳〕彪討論衆書綴其所聞起於世祖終於孝獻編年二百錄世十二通綜上下方貫庶事爲

紀志傳凡八十篇號曰續漢書**華嶠**〔華嶠傳〕嶠以漢紀煩穢慨然有改作之意起於光武終於孝獻爲帝紀十二卷皇后紀二卷十典十卷傳七十卷及三譜序傳目錄凡九十七卷嶠以皇后配天作合前史作外戚傳以繼末編非其義也故易爲皇后紀以次帝紀又改志爲典以有堯典故也而改名漢後書奏之詔朝臣會議時中書監荀勗令和嶠太常張華侍中王濟咸以嶠文質事核有遷固之規實錄之風藏之秘府**三雄**〔潘岳詩〕三雄鼎足〔注〕三雄即三國之主**陽秋**魏陽秋異同八卷孫壽著**魏略**魏略五十卷魚豢著**江表**〔虞溥傳〕溥撰江表傳卒後子勃上於元帝詔藏於秘書**吳錄**吳錄三十卷張勃撰**三志**〔陳壽傳〕壽撰魏吳蜀三國志張華深善之謂壽曰當以晉書相付耳**著作**〔晉書〕元康二年詔著作舊屬中書令秘書既典文籍宜改爲秘書著作於是改隸秘書著作郎一人謂之大著作專掌史任**肇始**晉紀四卷陸機撰**續末**〔王韶之傳〕韶之私撰晉安帝陽秋及成時人謂宜居史職即除著作佐郎使續後事**干寶**〔干寶傳〕寶字令升王導薦之元帝領國史著晉紀自宣帝訖於愍帝凡二十卷其書簡略直而能婉咸稱良史**孫盛**〔孫盛傳〕盛字安國累遷秘書監著晉陽秋詞直而理正咸稱良史**舉例發**

凡〔春秋序〕發凡以言例〔注〕如隱公七年凡諸侯同盟于是稱名之類有五十條皆以凡字發明類例　鄧粲〔鄧粲傳〕荊州刺史桓沖請爲別駕粲以父騫有忠信言而世無知者乃著元明紀十篇　湘川〔鄧粲長沙人〕　先集太史〔漢儀注〕太史公武帝置天下計書先上太史副上丞相　石室金匱〔太史公自序〕遷爲太史令紬史記石室金匱之書　詮評〔謝丞旨曰詮陳壽曰評〕　張衡〔張衡傳〕衡條上司馬遷班固所敘與典籍不合者十餘事　傅元〔傅元傳〕元雖顯貴而著述不廢撰論經國九流及三史故事評斷得失各爲區例名爲傅子　公羊高〔漢藝文志〕公羊傳十一卷〔注〕公羊子齊人師古曰名高傳曰所見異辭所聞異辭所傳聞又異辭　定哀微辭〔史記〕孔子著春秋隱桓之間則章至定哀之際則微謂其切當世之文而罔褒忌諱之辭也　素臣〔春秋序〕說者以仲尼自衛反魯修春秋立素王邱明爲素臣　南董〔齊南史氏晉董狐〕

諸子第十七

諸子者入道見志之書太上立德其次立言百姓

之羣居苦紛雜而莫顯君子之處世疾名德之不章唯英才特達則炳曜垂文騰其姓氏懸諸日月焉昔風后元脫曹補力牧伊尹咸其流也篇述者蓋上古遺語而戰伐所記者也至鬻熊知道而文王諮詢、餘文遺事、錄爲鬻子、子自肇始、莫先於茲、及伯陽識禮、而仲尼訪問、爰序道德以冠百氏然則鬻惟文友。李實孔師。聖賢並世。而經子異流矣。逮及七國力政、俊乂蠭起、孟軻膺儒以磬折。莊周述道以翱翔。墨翟執儉确之教。尹文課名實之符。野老治國於地利，騶子養政於天文，申商刀鋸以制理，鬼谷脣吻以策勳，尸佼（元作狡柳改）兼總於雜術，青史曲綴以街談。承流而枝附者，不可勝算，並飛辯以馳術，饜祿而餘榮矣。暨於暴秦烈火，勢炎崐岡，而煙燎之毒，不及諸子。逮漢成留（一作普）思，子政讎校，於是七略芬菲，九流鱗萃，殺青所編，百有八十餘家矣。迄至魏晉，作者間出，讕（讕與讇同元作讇朱改）言兼存，璅語必録，類聚而求，亦充箱照軫矣。然繁辭（謝補）雖積，而本體易總，述道言治，枝條五經，其純粹者入矩，蹐駁者出規。禮記月令、取乎呂氏之紀、三年問喪、寫乎荀子之書、此純粹之類也。若乃湯之問棘、云蚊睫有雷霆之聲、惠施對梁王、云蝸角有伏尸之戰、列子有移山跨海之談、淮南有傾天折地之說、此踳駁之類也。是以世疾諸混同（一作洞）虛誕、按歸藏之經、大明迂恠、乃稱羿斃十日、嫦娥奔月、殷湯（疑作易）如茲、況諸子乎、至如商韓、六蝨五蠹、棄孝廢仁、轘藥之禍、非虛至也、公孫之白馬孤犢、辭巧理拙、魏牟比之鴞鳥、非妄貶也、昔東平求諸子史記、而漢朝不與、蓋以史記多兵謀、而諸子雜詭術也、然洽聞之士。宜撮綱要。覽華而食實、棄邪而採正。極睇參差。亦學家之壯觀也。研夫孟荀所述、理懿而辭雅、管晏屬篇、事覈而言練。列御寇之書、氣偉而采奇。鄒子之說、心奢而辭壯。墨翟隨巢、意顯而語質。尸佼尉繚、術通而文鈍。鶡冠綿綿、亟發深言。鬼谷眇眇、每環奧義。情辨以澤、文子擅其能。辭約而精、尹文得其要。慎到析密理之巧。韓非著博喻之富。呂氏鑒遠而體周。淮南汎採而文麗。斯則得百氏之華采、而辭氣（疑脱）文之大略也、若夫陸賈典語、賈誼新書、揚雄法言、劉向說苑、王符潛夫、崔寔政論、仲長昌言、杜夷幽求、咸（一作或）敘經典、或明政術、雖標論名、歸乎諸子。何者、博明萬事爲子。適辨一理爲論。彼皆蔓延雜說。故入諸子之流。夫自六國以前、去聖未遠故能越世高談自開户牖。兩漢以後、體勢漫弱、雖明乎（雖乎二字元作難于朱改）坦途而類多。依採此遠近之漸變也嗟夫身與時舛、志共道申、標心於萬古之上、而送懷於千載之下、金石靡矣、聲其銷乎

贊曰

大夫處世，懷寶挺秀，辨雕萬物，智周宇宙，立德何隱，含道必授，條流殊述，若有區囿。

風后〔漢藝文志〕風后十三篇〔注〕圖二卷黃帝臣依託也　力牧〔藝文志〕力牧二十二篇〔注〕六國時所作託之力牧力牧黃帝相　伊尹〔藝文志〕伊尹五十一篇〔注〕湯相〔又〕伊尹說二十七篇〔注〕其語淺薄似依託也　鬻熊〔子略〕鬻子年九十見文王王曰老矣鬻子曰使臣捕獸逐麋已老矣使臣坐策國事尚少也文王師焉著書二十二篇名曰鬻子　伯陽〔史記〕老子者姓李氏名耳字伯陽孔子適周問禮於老子謂弟子曰老子其猶龍耶老子居周久之見周之衰遂去至關關令尹喜曰子將隱矣彊爲我著書迺著書上下篇言道德之意五千餘言而去　孟軻〔史記〕孟軻鄒人也受業子思之門人述唐虞三代之德是以所如者不合退而與萬章之徒序詩書述仲尼之意作孟子七篇　莊周〔史記〕莊子名周其學本歸於老子之言故著書十餘萬言大抵率寓言也楚威王厚幣迎

之許以爲相周笑曰無汚我我寧游戲汚瀆之中自快無爲有國者所羈

墨翟〔史記〕墨翟宋之大夫善守禦爲節用〔藝文志〕墨子七十一篇

儉确〔太史公自序〕墨者亦尚堯舜道言其德行曰堂高三尺土階三等茅茨不翦采椽不刮食土簋啜土刑糲粱之羹夏日葛衣冬日鹿裘其送死桐棺三寸舉音不盡其哀教喪禮必以此萬民爲之率使天下法若此

尹文〔劉向別録〕尹文子學本莊老其書自道以至名自名以至法以名爲根以法爲柄凡二卷僅五千言〔藝文志〕尹文子一篇〔注〕説齊宣王先公孫龍師古曰劉向云與宋鈃俱遊稷下

野老〔藝文志〕野老十七篇〔注〕應劭曰年老居田野相民之耕種故曰野老

騶子〔史記〕齊有三騶子騶衍深觀陰陽消息而作恠迂之變終始大聖之篇十餘萬言〔藝文志〕鄒子四十九篇〔注〕名衍齊人爲燕昭王師居稷下號談天衍

申〔史記〕申不害相韓昭侯學本黄老而主刑名著書二篇號曰申子

商〔商君傳〕衛鞅既破魏還秦封之於商十五邑號爲商君〔藝文志〕商君二十九篇

鬼谷〔蘇秦傳〕東事師於齊而習之於鬼谷先生〔注〕扶風池陽潁川陽城並有鬼谷墟蓋是其人所居因爲號又曰鬼谷子書云蘇秦欲神秘其道故假名鬼谷

尸佼〔藝文志〕尸子二十篇〔注〕名佼魯人秦相商君師之鞅死佼逃入蜀

青史〔藝文志〕青史子

五十七篇〔注〕古史官記事也

讎校〔藝文志〕成帝使謁者陳農求遺書於天下詔光祿大夫劉向等校之每一書已向輒條其篇目撮其旨意録而奏之〔魏都賦〕讎校篆籀

七略〔藝文志〕劉向卒哀帝復使向子侍中奉車都尉歆卒父業歆於是總羣書而奏其七略故有輯略六藝略諸子略詩賦略兵書略術數略方技略

九流注見正緯篇

殺青〔吳祐傳〕殺青簡以寫經書〔注〕以火炙簡令汗取其青易書復不蠹謂之殺青

百有八十餘家〔藝文志〕凡諸子百八十九家四千三百二十四篇

讕言〔藝文志〕讕言十篇〔注〕不知作者〔廣韻〕讕言逸言也

充箱〔韓詩外傳〕成王之時有三苗貫桑而生同爲一秀大幾滿車長幾充箱

照軫〔田敬仲完世家〕梁王曰寡人國小尚有徑寸之珠照車前後各十二乘者十枚

月令禮記月令第六孔頴達正義鄭目録云名曰月令者以其紀十二月政之所行也吕不韋集諸儒所著爲十二月紀合十餘萬言名爲吕氏春秋篇首皆有月令與此篇同

三年問喪荀子禮論前半褚先生補史記禮書採入其後半皆言喪禮三年之喪一段與禮記三年問同文

蚊睫〔列子〕江浦之麽蟲名曰焦螟羣飛而集於蚊睫弗相觸也徐以氣聽砰然聞之若雷霆之聲

惠施〔藝文志〕惠子一

篇〔注〕名施與莊子並時　蝸角〔莊子〕有國於蝸之左角者曰觸氏有國於蝸之右角者曰蠻氏時相與爭地而戰伏尸數萬逐北旬

有五日而後反按此係戴晉人語今云惠施悞也　列子〔藝文志〕列子八篇〔注〕名御寇先莊子莊子稱之　移山〔列子〕太行王屋

二山方七百里高萬仞愚公懲出入之迂也聚室而謀移之　跨海〔列子〕渤海中有五山岱輿員嶠方壺瀛洲蓬萊龍伯之國有大

人舉足不盈數步而暨五山之所　淮南〔漢書〕淮南王安爲人好書招致賓客方術之士數千人作爲內書二十一篇外書甚衆又

有中篇八卷言神仙黃白之術亦二十餘萬言　傾天折地〔淮南天文訓〕昔者共工與顓頊爭爲帝怒而觸不周之山天柱

折地維絕　歸藏〔帝王世紀〕殷人因黃帝易曰歸藏皇甫謐曰歸藏易以純坤爲首坤爲地萬物莫不歸而藏於其中故曰歸藏

羿斃十日〔注〕見辨騷篇　奔月〔歸藏易〕嫦娥以西王母不死之藥服之遂奔月爲月精　韓〔史記〕韓非

者韓之諸公子也喜刑名法術之學爲人口吃而善著書作孤憤五蠹內外儲說林說難十餘萬言　六蝨〔商子〕農商官三者國之常

食官也農闢地商致物官法民三官生蝨六曰歲曰食曰美曰好曰志曰行六者有樸必削　五蠹〔韓非子五蠹篇〕學者言古者帶

劒者近御者及商工之民此五者邦之蠹也**轘**〔左傳杜預注〕車裂曰轘〔商君傳〕秦孝公卒太子立公子虔之徒告商君欲反秦惠王車裂商君以徇**藥**〔史記〕秦攻韓韓王遣非使秦李斯使人遺非藥使自殺**公孫**〔列子〕公孫龍誑魏王曰白馬非馬孤犢未嘗有母按列子所述魏公子牟正深悅公孫龍之辨所謂承其餘竅者也莊子秋水篇則異是龍問牟吾自以為至達已今聞莊子之言無所開吾喙何也公子牟有埳井之鼃謂東海之鱉之喻是鴞鳥當作井鼃矣**東平**〔漢書〕東平思王宇宣帝子成帝時來朝上疏求諸子及太史公書大將軍王鳳以諸子書或反經術或明鬼神太史公書有戰國縱橫之謀不許**管晏**〔藝文志〕晏子八篇〔注〕名嬰謚平仲筦子八十六篇〔注〕名夷吾**隨巢**〔藝文志〕隨巢子六篇〔注〕墨翟弟子**尉繚**〔藝文志〕尉繚二十九篇〔注〕六國時師古曰尉姓繚名也**鶡冠**〔藝文志〕鶡冠子一篇〔注〕楚人居深山以鶡為冠**文子**〔藝文志〕文子九篇〔注〕老子弟子與孔子同時而稱周平王問似依託者也**慎到**〔史記〕慎到學黃老道德之術因發明序其指意著十二論**呂氏**注見雜文篇**陸賈**〔史記〕高帝謂陸生曰試為我著秦所以失天下吾所以得之者何及古成敗之國陸生迺麤述存亡之徵凡著十二篇每奏一篇高

（帝未嘗不稱善左右呼萬歲號其書曰新語）賈誼（藝文志賈誼五十八篇）法言（揚雄傳雄見諸子各以其知舛馳雖小辯終破大義故人時有問雄者常用法應之譔以爲十三卷象論語號曰法言）說苑（漢書劉向採傳記行事著新序說苑凡五十篇）潛夫（王符傳符耿介不同於俗隱居著書以譏當時失得不欲章顯其名故號曰潛夫論）政論（崔寔傳寔字子眞明於政體論當世便事數十條名曰政論指切時要言辯而確當世稱之）昌言（注見史傳篇）幽求（晉書杜夷字行齊盧江人懷帝時舉方正著幽求子二十篇）

論說第十八

聖哲（元作世朱按玉海改）彝訓曰經、述經敘理曰論、論者倫也、倫理無爽、則聖意不墜、（無爽元作有無聖字上無則字從御覽改）昔仲尼微言、門人追記、故仰其經目、稱爲論語、蓋羣論立名、始於茲矣、自論語已前經無論字六韜二論後人追題乎詳觀論體、條流多品陳政、則與議說合契。釋經、則與傳注參體。辨史、則與贊評齊行。銓文、則與敘引共紀。故議者宜言、說者說語、傳者轉師、注者主解、贊者明意、評者平理、序者次事、引者胤辭、八名區分、一揆宗論、論也者、彌綸羣言、而研精一（元脫朱補）理者也、是以莊周齊物、以論爲名、不韋春秋、六論昭列、至石渠論藝、白虎通講、聚述聖言通經、論家之正體也、及班彪王命、嚴尤（元作允朱改）三將、敷述昭情、善入史體、魏之初霸、術兼名法、傅嘏王粲、校練名理、迄至正始、務欲守文、何晏之徒、始盛玄論。於是聃周當路。與尼父爭塗矣。詳觀蘭石之才性、仲宣之去代、叔夜之辨聲、太初之本玄、輔嗣之兩例、平叔之二論、並師心獨見、鋒穎精密、蓋人倫之英也、至如李康運命、同論衡而過之、陸機辨亡、（元作正謝改）效過秦而不及、然亦其美矣、次及宋岱（元作代）郭象（元作掌朱據舊本改）銳思於幾神之區、夷甫裴頠、交辨於有無之域、並獨步當時、流聲後代、然滯有者全繫於形用、貴無者專守於寂寥、徒鋭偏解、莫詣正理、動極神源、其般若之絶境乎、逮江左羣談、惟玄是務、雖有日新、而多抽前緒矣、至如張衡譏世、頗似俳説、孔融孝廉、但談嘲戲、曹植辨道、體同書抄、言不持正、論如其已、汪本作才不持論寧如其已 原夫論之爲體、所以辨正然否、窮于有數、追于無形、兩于字從汪本改 迹一作鑽堅求通、鈎深取極、乃百慮之筌蹄、萬事之權衡也、故其義貴圓通、辭忌枝碎、必使心與理合、彌縫莫見其隙、辭共心密、敵人不知所乘、斯其要也、是以論如御覽作辟析薪、貴能破理斤利者越理而横斷辭辨者反義而取通覽文雖巧而檢跡如妄唯君子能通天下之志安可以曲論哉若夫注釋爲詞解散論體雜文雖異總會是同若秦延君元作君延楊改之注堯典十餘萬字朱普之解尚書三十萬言所以通人惡煩羞元作差朱改學章句若毛公之訓詩安國之傳書鄭君之釋禮王弼之解易要約明暢可爲元作謂式矣說者悦也兑爲口舌故言咨悦懌過悦必僞故舜驚讒説説之善者伊尹以論味隆殷太公以辨釣興周及燭武行而

紓鄭、端木出而存魯、亦其美也、暨戰國爭雄、辨士雲踊、從横參謀、長短角勢、轉丸騁其巧辭、飛鉗伏其精術、一人之辨、重於九鼎之寶、三寸之舌、强於百萬之師、六印磊落以佩、五都隱賑而封、至漢定秦楚、辨士弭節、酈君既斃於齊鑊、蒯子幾入乎漢鼎、雖復陸賈籍甚、張釋傅會、杜欽文辨、婁護脣舌、頡頏萬乘之階、抵嘘公卿之席、並順風以託勢、莫能逆波而泝洄矣。夫説貴撫會、弛張相隨、不專緩頰、亦在刀筆。范睢之言事、李斯之止逐客、並煩情入機，動言中務，雖批逆鱗，而功成計合，此上書之善說也。至於鄒陽之說吳梁，喻巧而理至，故雖危而無咎矣。敬通之說元脫孫補鮑鄧，事緩而文繁，所以歷騁元作聘柳改而罕遇元作過也。凡說之樞要，必使時利而義貞，進有契於成務，退無阻於榮身，自非譎敵，則唯忠與信，披肝膽以獻主，飛文敏以濟辭，此說之本也。而陸氏直稱說煒曄以譎誑，何哉？

贊曰：

理形於言，敘理成論，詞深人天，致遠方寸，陰陽莫

貳鬼神靡遯說爾飛鉗呼吸沮勸、

六韜（漢藝文志）周史六弢六篇（注）惠襄之間或曰顯王時或曰孔子問焉師古曰即今之六韜也蓋言取天下及軍旅之事按六韜有霸典文論文師武論 齊物 莊周著齊物論 六論 呂不韋輯呂氏春秋有開春慎行貴值不苟似順士容六論 石渠（翟酺傳）孝宣論六經於石渠（注）宣帝詔諸儒講五經於殿中兼平公羊穀梁同異上親臨決焉時更崇穀梁故言此六經也石渠閣名 白虎（章帝紀）建初四年詔諸生諸儒會白虎觀講議五經同異帝親臨稱制臨決如孝宣甘露石渠故事作白虎議奏 王命（班彪傳）隗囂擁衆天水問彪曰往者周亡戰國並爭天下分裂意者縱横之事復起於今乎彪既疾囂言又傷時方艱乃著王命論 三將（王莽傳）大司馬嚴尤非莽攻伐四夷數諫不從著古名將樂毅白起不用之意及言邊事凡三篇以風諫莽（通志）嚴尤三將軍論一卷 傳嘏（魏志）傳嘏字蘭石常論才性同異鍾會集而論之 王粲（魏志）王粲著詩賦論議垂六十篇 聃周（史記）老子者姓李氏名耳字伯陽謚曰聃著書上下篇言道德之意五千餘言莊子者名周著書十餘萬言大抵率寓言也 叔夜（嵇康傳）康字叔

夜作聲無哀樂論略曰以殊方異俗歌哭不同使錯而用之或聞哭而歡或聞歌而感斯非音聲之無常哉　**太初**〔魏志〕夏侯元字太初〔注〕元嘗著樂毅張良及本無肉刑論按本元本無末知孰是　**輔嗣**〔魏志〕鍾會與山陽王弼並知名弼好論儒道辭才逸辯注易及老子〔注〕弼字輔嗣　**平叔**〔魏志〕何晏好老莊言作道德經〔注〕晏字平叔　**運命**李康著運命論　**論衡**〔王充傳〕充以爲俗儒守文多失其眞乃閉門潛思著論衡八十五篇　**辯亡**〔陸機傳〕機以祖父世爲將相有大勳於江表深慨孫皓舉而棄之乃論權所以得皓所以亡又欲述其祖父功業作辯亡論二篇　**過秦**賈誼著過秦論　**宋岱**〔通志〕晉荆州刺史宋岱通易論一卷　**郭象**〔郭象傳〕象字子元好老莊能清言閒居以文論自娛著碑論十二篇　**夷甫**〔王衍傳〕衍字夷甫好清談魏正始中何晏王弼等祖述老莊立論以爲天地萬物皆以無爲爲本衍甚重之惟裴頠以爲非著論以譏之　**交辨有無**〔晉諸公贊〕自魏太常夏侯元等皆著道德論後進庾敳之徒希慕簡曠裴成公疾世俗尚虛無之理作崇有二論以折之時人莫能難惟夷甫來理如小屈時人即以王理難裴理還復伸　**般若**〔曇霍傳〕霍持一錫杖令人跪曰此是波若眼〔廣韻〕般若梵語謂智慧也　**辯道**曹植

著辯道論二篇**筌蹄**〔莊子雜篇〕筌者所以在魚得魚而忘筌蹄者所以在兔得兔而忘蹄〔注〕筌魚笱也蹄兔網也**秦延君**〔漢儒林傳〕張山拊事小夏侯建爲博士論石渠授信都秦恭延君恭增師法至百萬言〔桓譚新論〕秦延君但説粤若稽古即三萬言**朱普**〔儒林傳〕尚書歐陽氏學平當授九江朱普公文〔桓榮傳〕榮習歐陽尚書事博士九江朱普**毛公**〔儒林傳〕毛公趙人也治詩爲河間獻王博士**安國**〔儒林傳〕孔氏有古文尚書孔安國以今文字讀之因以起其家逸書得十餘篇蓋尚書茲多於是矣**鄭君**〔鄭元傳〕鄭元好學注儀禮禮記答臨孝存周禮難凡百餘萬言**口舌**〔易彖〕兑説也〔説卦傳〕兑爲口舌**論味**〔吕氏春秋〕伊尹説湯以至味曰凡味之本水最爲始五味三材九沸九變火之爲紀時疾時徐滅腥去臊除羶必以其勝無失其理調和之事必以甘酸苦辛鹹先後多少其齊甚微皆有自起**辨釣**〔吕氏春秋〕吕尚坐茅以漁文王勞而問取尚曰魚求於餌乃牽其緍人食於祿乃服於君以餌取魚以祿取人以小釣釣川而擒其魚以中釣釣國而擒其萬國諸侯**紓鄭**〔左傳〕秦晉圍鄭鄭伯使燭之武夜縋而出説秦伯秦伯與鄭盟晉亦去之**存魯**〔仲尼弟子傳〕端木賜字子貢至齊説田常曰名存亡魯實困彊齊智者不疑也**轉**

九鬼谷子有轉九篇文闕目存飛鉗鬼谷子著飛箝篇九鼎三寸〔平原君傳〕平原君曰毛先生一至楚
而使趙重於九鼎大呂毛先生以三寸之舌彊於百萬之師六印〔蘇秦傳〕秦喟然歎曰使我有雒陽負郭田二頃吾豈能佩六國
相印乎五都〔張儀傳〕秦惠王封儀五邑隱賑〔爾雅〕賑富也〔註〕謂隱賑富有〔蜀都賦〕居邑隱賑酈君〔酈生傳〕淮
陰侯聞酈生伏軾下齊七十餘城迺夜度兵襲齊齊王田廣以爲酈生賣己遂亨酈生蒯子〔淮陰侯傳〕信方斬之曰吾悔不用蒯
通之計乃爲兒女子所詐高祖捕通欲亨之通曰秦失其鹿天下共逐之欲爲陛下所爲者甚衆顧力不能耳又可盡亨之耶迺釋通之罪
陸賈〔陸賈傳〕陸生游漢廷公卿間名聲籍甚張釋〔張釋之傳〕釋之言便宜事文帝曰卑之無甚高論令今可施行
也於是釋之言秦漢間事文帝稱善杜欽〔杜欽傳〕帝舅大將軍王鳳以外戚輔政求賢知自助奏請欽爲大將軍軍武庫令後爲議
郎以病免徵詣大將軍幕府國家政謀鳳常與欽慮之京兆尹王章言鳳專權蔽主之過欽令鳳上疏謝罪乞骸骨文指甚哀鳳心慙稱病篤
欲遂退欽復說鳳起視事章死詔獄衆庶寃之以譏朝廷欽欲救其過復說鳳舉直言極諫其補過將美皆此類也脣舌〔漢游俠傳〕

樓護字君卿與谷永俱爲五侯上客長安號曰谷子雲筆札樓君卿脣舌言其見信用也

抵噓 疑作抵戲〔杜周傳贊〕業因勢而抵陒〔注〕陒音詭一說陒讀與戲同音許宜反險也言擊其危險之處鬼谷有抵戲篇也

緩頰 〔魏豹傳〕漢王聞魏豹反謂酈生曰緩頰往說魏豹能下之吾以萬户封若〔注〕緩頰徐言譬喻也

刀筆 〔蕭相國世家〕太史公曰蕭相國何於秦時爲刀筆吏〔劉盆子傳注〕古者記事於簡策謬誤者以刀削而除之故曰刀筆

范雎 〔范雎傳〕王稽載雎入秦說昭王廢王后逐穰侯拜爲相

李斯 〔李斯傳〕斯西說秦秦王拜斯爲客卿會韓人鄭國來間秦以作注溉渠已而覺秦宗室大臣請一切逐客斯上書秦王乃除逐客之令

逆鱗 〔韓非說難〕龍喉下有逆鱗徑尺嬰之則必殺人人主亦有逆鱗說者能無嬰人主之逆鱗則幾矣

鄒陽 〔鄒陽傳〕吳王濞陰有邪謀陽奏書諫爲其事尚隱惡指斥言故先引秦爲喻因道胡越齊趙淮南之難然後迺致其意吳王不內其言去之梁從羊勝公孫詭等疾陽惡之孝王孝王怒下陽吏將殺之迺從獄中上書書奏孝王立出之

敬通 〔馮衍傳〕衍字敬通更始二年遣鮑永行大將軍事安集北方衍因以計說永永素重衍乃以衍爲立漢將軍〔劉峻廣絕交論注〕馮衍與鄧禹書曰衍以爲寫神輸意則聊成之說碧雞之辯不足難也

詔策第十九

皇帝御寓其言也神淵嘿黼扆而響盈四表唯詔策乎昔軒轅唐虞同稱爲命命之爲義制性之本也其在三代事兼誥誓誓以訓戎誥以敷政命喻自天故授官（元作管）錫胤易之姤象后以施命誥四方誥命動民若天下之有風矣降及七國並稱曰令令者使也秦并天下改命曰制漢初定儀則則命有四品（疑衍一則字以定儀爲讀）一曰策書二曰制書三曰詔書四曰戒敕敕戒州部詔誥百官制施赦命策封王侯

策者簡也、制者裁也、詔者告也、敕者正也、詩云畏此簡書易稱君子以制度數禮稱明君之詔書稱敕天之命並本經典以立名目遠詔近命習秦制也、記稱絲綸所以應接羣后虞重納言周貴喉舌故兩漢詔誥職在尚書王言之大動入史策其出如綍不反若汗是以淮南有英才武帝使相如視草隴右多文士光武加意於書辭豈直取美當時亦敬慎來葉矣觀文景以前詔體浮新武帝崇儒選言弘奥策封三王文同訓典勸元作觀謝改戒淵雅垂範後代、及制誥嚴助、即云厭承明廬、蓋寵才之恩也、孝宣璽書、賜太守陳遂、賜太守元作責博士攷漢書攷汪本作責博進陳遂亦故舊之厚也、逮光武撥亂、留意斯文、而造次喜怒、時或偏濫、詔賜鄧禹、稱司徒爲堯、敕責侯霸、稱黃鉞一下、若斯之類、實乖憲章、暨明帝崇學、雅元作惟朱改詔間出、安和政弛、禮閣鮮才、每爲詔敕、假手外請、建安之末、文理代興、潘勗九錫、典雅逸羣、衛覬元作凱孫改禪誥、符命炳燿、弗可加已、自魏晉誥策、職在中書、劉放張華、互管斯任、施命發號、洋洋盈耳、魏文帝下詺、辭義多偉、至於作威作福、其萬慮之一弊乎、晉氏中興、唯明帝崇才、以温嶠文清、故引入（元脱朱按御覽補）中書、自斯以後、體憲（元作慮朱改）風流矣、夫王言崇祕、大觀在上、所以百辟其刑、萬邦作孚、故授官選賢。則義炳重離之輝。優文封策。則氣含風雨之潤。敕戒恒誥。則筆吐星漢之華。治戎燮伐。則聲有洊雷之威。眚災肆赦。則文有春露之滋、明罰敕法。則辭有秋霜之烈、此詔策之大略也。戒敕爲文、實詔之切者、周穆命郊（元作鄧朱攷穆天子傳改）父受敕憲、此其事也、魏武稱作敕戒、當指事而語、一作詰從御覽改勿得依違、曉治要矣、及晉武敕戒、備告百官、敕都督以兵要、戒州牧以董司、警郡守以恤隱、勒牙門以禦衞、有訓典焉、戒者慎也、禹稱戒之用休、君父至尊、在三罔元作同許改極、漢高祖之敕太子、東方朔之戒子、亦顧命之作也、及馬援已下、各貽家戒、班姬女戒、足稱母師也、教者效也、言出而民效也、契敷五教、故王侯稱教、昔鄭弘之守南陽、條教爲後所述、乃事緒明也、孔融之守北海、文教麗而罕於理、乃治體乖也、若諸葛孔明之詳約，庾稚恭之明斷，並理得而辭中，教〔一作辭，從御覽改〕之善也。自教以下，則又有命。詩云：有命在天，明為重也。周禮曰：師氏詔王，為輕命。今詔重而命輕者，古今之變也。

贊曰

皇王施令，寅嚴宗誥。我有絲言，兆民尹好。輝音峻舉，鴻風遠蹈。騰義飛辭，渙其大號。

皇帝〔獨斷〕漢天子正號曰皇帝。皇帝至尊之稱，皇者煌也，盛德煌煌，無所不照。帝者諦也，能行天道，事天審諦。黼扆〔禮記〕天子負黼扆南鄉而立。〔書傳〕黼扆，屛風，畫為斧文，置戶牖間。誓以訓戎〔書甘誓、湯誓、泰誓、牧誓、費誓、秦誓是也〕誥以敷政書名誥洛誥是也命以授官書微子之命蔡仲之命畢命冏命是也制策詔戒獨斷天子之言曰制詔其命令一曰策書二曰制書三曰詔書四曰戒書策書策者簡也以命諸侯王三公制書帝者制度之命也其文曰制詔三公赦令贖令之屬是也詔書者詔誥也有三品其文曰告某官官如故事是爲詔書戒書戒敕刺史太守及三邊營官被敕文曰有詔敕某官是爲戒敕也世皆名此爲策書失之遠矣絲綸緇衣王言如絲其出如綸王言如綸其出如綍尚書漢官儀尚書唐虞官也龍作納言詩云惟仲山甫王之喉舌秦改稱尚書漢亦尊此官典機密也反汗楚元王傳劉向曰易曰渙汗其大號言號令如汗汗出而不反者也今出善令未能踰時而反是反汗也視草淮南王傳武帝以安辯博善爲文辭每爲報書及賜帝召司馬相如等視草迺遣加意隗囂傳囂賓客掾史多文學生每所上事當世士大夫皆諷誦之故帝有所辭答尤加意焉策封三王三王世家有齊王策燕王策廣陵王策太史公曰封立三王天子恭讓羣臣守義文辭爛然甚可觀也褚先生曰孝武帝之時同日拜三子爲王爲作策以申戒之厭承明廬嚴助傳助以對策擢中大夫上問所欲對願爲會稽太守武帝賜書曰制

詔會稽太守君厭承明之廬勞侍從之　陳遂〔游俠傳〕陳遵祖父遂宣帝微時與有故相隨博奕數負進及宣帝即位用遂稍遷至太原太守廼賜遂璽書曰制詔太原太守官尊禄厚可以償博進矣　稱堯〔鄧禹傳〕帝以關中未定而鄧禹久不進兵下敕曰司徒堯也亡賊桀也宜以時進討鎮慰西京係百姓之心　黃鉞〔光武賜侯霸璽書〕崇山幽都何可偶黃鉞一下無處所欲以身試法耶　禮閣〔蕭惠基傳〕王儉朝宗貴望惠基同在禮閣非公事不私覿焉　潘勗〔文章志〕潘勗字元茂相魏公九錫策命勗所作也　九錫〔韓詩外傳〕諸侯有德天子錫之一錫車馬再錫衣服三錫虎賁四錫樂器五錫納陛六錫朱户七錫弓矢八錫鈇鉞九錫秬鬯〔魏志〕建安十八年使御史大夫郗慮持節策命曹操爲魏公加九錫　衛覬禪誥〔衛覬傳〕覬還漢朝爲侍郎勸贊禪代之義爲文誥之詔　中書〔劉放傳〕黃初初改秘書爲中書以放爲監〔王獻之啓〕瑯琊王爲中書監表〕中書職掌詔命非輕才所能獨任自晉建國常命宰相綜領中興以來益重其任故能王言彌緻德音四塞者也　劉放〔劉放傳〕放善爲書檄三祖詔命多放所爲　張華〔張華傳〕華遷長史兼中書郎朝議表奏多見施用　蔣威福〔蔣濟

〔傳〕文帝詔夏侯尚曰卿腹心重將特當任使作威作福殺人活人尚以示濟帝問濟天下風教何如對曰但見亡國之語耳帝作色問故濟具以答因曰作威作福書之明戒天子無戲言唯陛下察之於是帝遣追取前詔

崇才〔晉明帝紀〕欽賢愛客雅好文辭當時名臣自王導庾亮輩溫嶠桓彝阮放等咸見親侍

文清〔晉書〕太寧初詔溫嶠曰卿既以令望忠允之懷著於周旋且文清而旨遠宜居深密欲即以爲中書令朝端亦咸以爲宜

重離〔易離卦〕彖曰離麗也重明以麗乎正象曰明兩作離大人以繼明照于四方

洊雷〔易震卦〕象曰洊雷震〔程傳〕洊重襲也上下皆震故爲洊雷雷重仍則威益盛

敕憲〔穆天子傳〕丙寅天子屬官效器乃命正公郊父受敕憲用伸「」「」八駿之乘以飲於枝洔之中

在三〔國語〕民生于三事之如一父生之師教之君食之故一事之惟其所在則致死焉

敕太子〔漢高祖手敕太子〕吾遭亂世當秦禁學自喜謂讀書無益洎踐祚以來時方省書乃使人知作者之意追思昔所行多不是又云汝見蕭曹張陳諸公侯吾同時人倍年於汝者皆拜

戒子〔東方朔傳贊〕朔戒其子以尚容首陽爲拙柱下爲工飽食安步以仕易農依隱玩世詭時不逢

馬援〔馬援傳〕援誡兄子嚴敦書曰吾欲汝曹聞人過失如聞父母之名耳可得聞口不可得言

也好議論人長短妄是非正法此吾所大惡也汝曹知吾惡之甚矣所以復言者施衿結縭申父母之戒欲使汝曹不忘之耳班姬（後漢列女傳）扶風曹世叔妻者班彪之女也名昭博學高才作女誡七篇有助內訓鄭弘（鄭弘傳）弘爲南陽太守條教法度爲後所述孔融（九州春秋）孔融守北海教令辭氣溫雅可玩而誦論事考實難可施行諸葛孔明（諸葛亮傳）陳壽等言論者或恠亮文彩不豔而過於丁寧周至臣愚以爲咎繇大賢也周公聖人也考之尚書咎繇之謨略而雅周公之誥煩而悉何則咎繇與舜禹共談周公與羣下矢誓故也亮所與言盡衆人凡士故其文指不得及遠也然其聲教遺言皆經事綜物公誠之心形於文墨足以知其人之意理而有輔於當世庾稚恭（庾翼傳）翼字稚恭代亮鎭武昌勞謙匪懈戎政嚴明輕命按周官師氏職無此文

檄移第二十

震雷始於曜電出師先乎威聲故觀電而懼雷壯、

聽聲而懼兵威兵先乎聲其來已久昔有虞始戒於國夏后初誓於軍殷誓軍門之外周將交刃而誓之故知帝世戒兵三王誓師宣訓我衆未及敵人也至周穆西征祭公謀父稱古有威讓之令令有文告之辭即檄之本源也及春秋征伐自諸侯出懼敵弗服故兵出須名振此威風暴彼昏亂劉獻公之所謂告之以文辭董之以武師（元作師武）者也齊桓征楚詰（元作告）苞（汪本作菁）茅之闕晉厲伐秦責箕郜之焚管仲呂相奉辭先路詳其意義即今之檄文暨乎

戰國。始稱爲檄。檄者、皦也、宣露於外、皦然明白也、張儀檄楚、書以尺二、明白之文、或稱露布、播諸視聽也、夫兵以定亂、莫敢自專、天子親戎、則稱恭行天罰、諸侯御師、則云肅將王誅、故分閫推轂、奉辭伐罪、非唯致果爲毅、亦且厲辭爲武、使聲如衝（元作衡）風所擊。（元作繫）氣似欃槍所掃。奮其武怒、總其罪人、懲其惡稔之時、顯其貫盈之數、搖姦宄之膽、訂信慎之心、使百尺之衝。摧折於咫書。萬雉之城。顛墜於一檄者也。觀隗囂之檄亡新、布（元作有）其三逆、文不雕飾而辭切事明隴右文士得檄之體矣陳琳之檄豫州元脫壯有骨鯁雖奸閹攜養章密太甚發邱摸金誣過其虐然抗辭書釁皦然露骨元作固孫改又一本作暴露矣敢指曹公之鋒幸哉免袁黨之戮也鍾會檄蜀徵驗甚明桓公檄胡觀釁尤切並壯筆也凡檄之大體或述此休明或敘彼苛虐指天時審人事算彊弱角權勢摽蓍龜于前驗懸鞶鑑于已然雖本國信實參兵詐譎詭以馳旨煒曄以騰說凡此衆條莫或違之者也故其植義颺辭務在剛健插羽以

示迅不可使辭緩，露板以宣衆，不可使義隱。必事昭而理辨，氣盛而辭斷，此其要也。若曲趣密巧，無所取才矣。又州郡徵吏，亦稱爲檄，固明舉之義也。

移者，易也，移風易俗，令往而民隨者也。相如之難蜀老，文曉而喻博，有移檄之骨焉。及劉歆之移太常，辭剛而義辨，文移之首也。陸機之移百官，言約而事顯，武移之要者也。故檄移爲用，事兼文武，其在金革，則逆黨用檄，順元作煩曹改命資移；所以洗濯民心，堅同元作用曹改符契，意用小異，而體義大同，與檄參伍。故不重論也。

贊曰

三驅弛剛、九伐先話。鞶鑑吉凶、著龜成敗。惟壓鯨鯢、抵落蜂蠆。移寶（一作實）易俗、草偃風邁。

戒兵誓師〔司馬法〕有虞氏戒於國中、欲民體其命也。夏后氏誓於軍中、欲民先成其慮也。殷誓於軍門之外、欲民先意以待事也。周將交刃而誓之、以致民志也。威讓文告〔國語〕周穆王將征犬戎、祭公謀父諫曰、先王耀德不觀兵、有威讓之令、有文告之辭。文辭武師〔左傳〕晉侯使叔向告劉獻公曰、抑齊人不盟、若之何。對曰、盟以底信、君苟有信、諸侯不貳、何患焉。告之以文辭、董之以武師、雖齊不許、君庸多矣。包茅〔左傳〕齊侯以諸侯之師伐楚、管仲曰、爾貢包茅不入、王祭不供、無以縮酒、寡人是徵。箕郜〔左傳〕晉侯使呂相絕秦曰、入我河縣、焚我箕郜、我是以有輔氏之聚。檄楚〔張儀傳〕儀嘗從楚相飲、相亡璧意儀盜之掠笞數百張儀既相秦爲文檄告楚相曰始吾從若飲我不盜而璧若笞我若善守汝國我顧且盜而城徐廣曰檄一作尺尺之檄〔漢匈奴傳〕漢遺單于書以尺一牘中行說令單于以尺二寸牘及印封皆令廣長大

露布〔魏武帝述志令〕露布天下〔文章緣起〕漢露布賈弘爲馬超伐曹操所作〔封氏聞見記〕露布者謂不封檢露而宣布欲四方速知亦謂之露版者魏武奏事云有警急輒露版插羽是也

分閫推轂〔馮唐傳〕唐對曰臣聞上古王者遣將也跪而推轂曰閫以内寡人制之閫以外將軍制之

致果〔左傳〕殺敵爲果致果爲毅

衝風〔韓安國傳〕安國曰衝風之衰不能起毛羽〔注〕衝風疾風之衝突者也

欃槍〔天官書〕紫宮左三星曰天槍所見之國不可舉事用兵〔司馬相如賦〕攬欃槍以爲旌兮張揖曰彗星爲欃槍

百尺之衝〔國策〕蘇子說齊閔王曰百尺之衝折之衽席之上〔詩皇矣注〕衝衝車也從旁衝突者也

萬雉之城〔公羊傳〕雉者何五板而堵五堵而雉百雉而城一曰城高一丈曰堵三堵曰雉〔班固西都賦〕建金城之萬雉

三逆〔隗囂傳〕囂移檄告郡國曰故新都侯王莽慢侮天地悖道逆理昔秦始皇毀壞謚法以一二數欲至萬世而莽下三萬六千歲之歷言身當盡此度是其逆天之大罪也分裂郡國斷截地絡發冢河東攻劫邸

龍此其逆地之大罪也攻戰之所敗苛法之所陷饑饉之所夭疾疫之
所及以萬萬計其死者則露屍不掩生者則奔亡流散婦女流離係虜
此其逆人之大罪也隴右文士詳詁策篇陳琳〔陳琳傳〕琳避難冀州袁紹使典文章嘗爲紹檄酷詆曹操袁氏敗琳
歸操操謂曰卿昔爲本初移書但可罪狀孤而
已何乃上及父祖耶琳謝罪操愛其才而不咎姦閹攜養〔陳琳檄〕司空曹
操祖父中常侍騰與左悺徐璜並作妖孽父嵩
乞匄攜養因贓假位操贅閹遺醜本無懿德發邱摸金〔陳琳檄〕操又特
置發邱中郎將摸金校尉所過隳突無骸不露鍾會〔鍾會傳〕會移檄蜀將吏士民曰蜀相牡見禽於秦公孫述受首於漢此皆諸賢
所備聞也明者見危於無形智者規禍於未萌豈晏安酖毒懷祿而不變哉桓公〔桓温檄胡文〕胡賊石勒暴肆華夏齊民塗炭至
使六合殊風九鼎乖越寡人不德忝荷戎重先順者獲賞後伏者蒙誅此之風範想所聞也州郡徵吏〔王遜傳〕遜爲寧
州刺史未到州遙舉董聯爲秀才建寧功曹周悅謂聯非才不下版檄〔劉訏傳〕本州刺史張稷辟爲主簿主者檄召訏乃挂檄於樹而逃難
蜀〔司馬相如傳〕相如使蜀蜀長老多言通西南夷之不爲用相如欲諫業已建之不敢乃著書藉蜀父老爲辭而已詰難之以風天子且因

宣其使指令百姓皆知天子意移太常〔楚元王傳〕劉歆欲建立左氏春秋及毛詩逸禮古文尚書皆列於學官哀帝令歆與五經博士講論其義諸博士或不肯置對歆因移書太常博士責讓之移百官按〔成都王穎傳〕穎表請誅羊元之皇甫商等檄長沙王乂使就第乃與王顒將張方伐京都以陸機爲前鋒都督陸機至洛與成都王穎曰王室多故羊元之等乘寵凶豎皇甫商同惡相求共爲亂階云云或機此時有移百官文後代失傳耳三驅〔易〕比九五王用三驅九伐〔周禮〕大司馬以九伐之法正邦國鯨鯢〔左傳〕古者明王伐不敬取其鯨鯢而封之以爲大戮於是乎有京觀〔杜注〕鯨鯢大魚名以喻不義之人吞食小國蜂蠆〔左傳〕臧文仲曰君無謂邾小蜂蠆有毒而況國乎

文心雕龍卷第四

男　登穀雲門　登賢春畬　校

文心雕龍卷第五

北平黄叔琳崑圃輯注
梁劉　勰撰
黄山胡二樂象虚
玉峯王之醇鶴書　叅訂

封禪第二十一

夫正位北辰嚮明南面所以運天樞毓黎獻者何甞不經道緯德以勒皇蹟者哉録圖曰潬潬噅噅棼棼雉雉萬物盡化言至德所被也丹書曰義勝欲則從欲勝義則凶戒愼之至也則戒愼以崇其

德至德以凝其化七十有二君所以封禪矣昔黄帝神靈克膺鴻瑞勒功喬岳鑄鼎荆山大舜巡岳顯乎虞典成康封禪聞之樂緯及齊桓之霸爰窺王跡夷吾諫陳當作諫距以怪物固知玉牒金鏤專在帝皇也然則西鶼東鰈南茅北黍空談非徵勳德而已是史遷八書明述封禪者固禋祀之殊禮名號之秘祝元脱朱補祀天之壯觀矣秦皇銘岱文自元作銘朱改李斯法家辭氣體乏弘潤然疎而能壯亦彼時之絶采也鋪觀兩漢隆盛孝武禪號於肅然光武巡

封於梁父、誦（元作請，孫改）德銘勳、乃鴻筆耳。觀相如封禪、蔚爲唱首、爾其表權輿。序皇王。炳玄符。鏡鴻業。驅前古於當今之下。騰休明於列聖之上。歌之以禎瑞、讚之以介邱、絶筆玆文、固維新之作也。及光武勒碑、則文自（元作字）張純、首胤典謨、末同祝辭、引鉤讖、敘離亂、（元脫，許補。一本作合）計武功、述文德、事覈理舉、華不足而實有餘矣。凡此二家、並岱宗實跡也、及揚雄劇秦、班固典引、事非鐫石、而體因紀禪、觀劇秦爲文、影寫長卿、詭言遯辭、故兼包神恠、然骨掣靡密、辭貫

能如此自無格不美豈惟封禪封禪文固可不作也

圓通自稱極思無遺力矣典引所敘雅有懿采歷鑒前作能執厥中其致義會文斐然餘巧故稱封禪麗而不典劇秦典而不實豈非追觀易爲明循勢易爲力歟至扵邯鄲受命攀響前聲風末力寡輯韻成頌雖文理順（元作煩　一作頗）序而不能奮飛陳思魏德假論客主問答迂緩且已千言勞深勣寡飈燄缺焉茲文爲用蓋一代之典章也搆位之始宜明大體樹骨扵訓典之區選言於宏富之路使意古而不晦於深文今而不墜於浅義吐光芒辭成廉

鍔。則爲偉矣。雖復道極數殫終然相襲而日新其采（元作來）者必超前轍焉

贊曰

封勒帝勣對越天休逖聽高岳聲英克彪樹石九旻。泥金八幽。鴻律蟠采。如龍如虬。

嚮明（易說卦傳聖人南面而聽天下嚮明而治）運天樞（天官書斗爲帝車運於中央春秋運斗樞斗第一天樞）黎獻（書益稷萬邦黎獻共惟帝臣傳黎獻黎民之賢者也）緑圖丹書（見正緯篇）鑄鼎（漢郊祀志公孫卿曰黄帝采首陽山銅鑄鼎於荆山下鼎既成有龍垂胡髯下迎黄帝）巡岳（書舜典歲二月東巡守至於岱宗五月南巡守至於南岳八月西巡守至於西岳十有一月朔巡守至於北岳）成康封禪（封禪書周德之洽惟成王成王之封禪則近之矣）齊桓

漢郊祀志齊桓公旣霸會諸侯於葵邱而欲封禪管仲曰古者封泰山禪梁父者七十二家而夷吾所記者十有二焉皆受命然後得封禪管仲睹桓公不可窮以辭因設之以事云云桓公乃止詳下西鶼東鰈注

玉牒金縷後漢祭祀志封禪用玉牒書藏方石有玉檢檢用金縷五周以水銀和金以爲泥

西鶼東鰈南茅北黍郊祀志管仲曰古之封禪鄗上黍北里禾所以爲盛江淮間一茅三脊所以爲藉也東海致比目之魚西海致比翼之鳥然後物有不名而至者十有五焉注比目魚其名謂之鰈比翼鳥其名謂之鶼

祕祝見祝盟篇

銘岱秦始皇本紀始皇東行郡縣上鄒嶧山立石與魯諸生議刻石頌秦德議封禪望祭山川之事遂上泰山禪梁父刻所立石

禪號肅然孝武本紀丙辰禪泰山下趾東北肅然山

巡封梁父後漢祭祀志建武三十二年二月皇帝東巡狩至于岱宗柴甲午禪于梁陰

相如司馬相如傳武帝曰相如病甚可往從悉取其書若不然後失之矣使所忠往而相如已死其妻曰長卿未死時爲一卷書曰有使者來求書奏之其遺札書言封禪事

元符李善文選注元符天符也

介邱封禪文以登介邱注介大也邱山也言登泰山封禪也

勒碑後漢祭祀志建武三十二年二月上至奉高遣侍御史與蘭

臺令史將工先上山刻石張純〔張純傳〕純奏上宜封禪曰宜及嘉時遵唐帝之典繼孝武之業以二月東巡狩封於岱宗明中興勒功勳復祖統報天神禪梁父祀地祇傳祚子孫萬世之基也中元元年帝乃東巡岱宗以純視御史大夫從并上元封舊儀及刻石文引鉤讖敘離亂〔後漢祭祀志〕刻石文曰王莽篡叛宗廟墮壞社稷喪亡揚徐青三州首亂兵革横行延及荆州豪傑并兼百里屯聚往往僭號北夷作寇千里無煙無雞鳴犬吠之聲按文內多引河圖赤伏符會昌符孝經鉤命決等書劇秦〔揚雄劇秦美新序〕司馬相如作封禪一篇以彰漢氏之休臣敢竭肝膽寫腹心作劇秦美新一篇雖未究萬分之一亦臣之極思也典引〔班固典引序〕伏惟相如封禪靡而不典揚雄美新典而亡實臣不勝區區竊作典引一篇〔注〕典謂堯典引猶續也漢承堯後故述漢德以續堯典兼包神恠謂篇中元符靈契黄端涌出云云也受命邯鄲淳著魏受命述魏德〔陳思王集〕魏德論末曰固將封泰山禪梁父歷名山以祈福周五方之靈宇越八九於往素踵帝王之靈矩流餘祚於黎烝鍾元吉乎聖主遡聽〔封禪文〕遡聽者風聲

章表第二十二

夫設官分職、高卑聯事、天子垂珠以聽、諸侯鳴玉以朝。敷奏以言、明試以功。故堯咨四岳、舜命八元、固辭再讓之請、俞往欽哉之授、並陳辭帝庭、匪假書翰。然則敷奏以言、則（一作即）章表之義也、明試以功、即授爵之典也、至太甲既立、伊尹書誡、思庸歸亳、又作書以讚（元作纘）文翰獻替。事斯見矣。周監二代、文理彌盛、再拜稽首、對揚休命、承文受册、敢當丕顯、雖言筆未分。而陳謝可見。降及七國、未變古式、言事於主、皆稱上書。秦初定制、改書曰奏。漢定禮儀、則有四品。一曰章、二曰奏、三曰表、四曰議。章以謝恩。奏以按劾。表以陳請。議以執異。章者明也。詩云爲章于天、謂文明也。其在文物、赤白曰章。表者標也、禮有表記、謂德見于儀。其在器式、揆景曰表。章表之目、蓋取諸此也。按七略藝文、謠詠必錄、章表奏議、經國之樞機、然闕而不纂者、乃各有故事、而在職司也、前漢表謝、遺篇寡存、及後漢察舉、必試章奏、左雄奏議、臺閣爲式、胡廣章奏（一作表）天下第一、並當時之傑筆也、觀伯始謁陵之章、足見其典文之美焉、昔晉文受冊。三辭（元脫朱補）從命。是以漢末讓表。以三爲斷。曹公稱爲表不必三讓、又勿得浮華、所以魏初表章、指事造實、求其靡麗、則未足美矣、至於文舉之薦禰衡、氣揚采飛、孔明之辭後主、志盡文暢、雖華實異旨、並表之英也、琳瑀章表、有譽當時、孔璋稱健、則其標也、陳思之表、獨冠羣才、觀其體贍而律調、辭清而志顯、應物掣（一作制）巧、隨變生趣、執轡有餘、故能緩急應節矣、逮晉初筆札、則張華爲儁、（元作傳）其三讓公封、理周辭要、引義比事、必得其偶、世珍鷦鷯、莫顧章表、及羊公之辭開府、有譽於前談、庾公之讓中書、信美於往載、（一作冊）序志顯類、有文雅焉、劉琨勸進、張駿自序、文致耿介、並陳事之美表也、原夫章表之（元作文謝改）爲用也、所以對揚王庭。昭明心曲。既其身文。且亦國華。章以造闕。風矩應明。表以致禁。骨采宜耀。循名課實、以章（元脫一作文）爲本者也、是以章式炳賁、志在典謨、使要而非略。明而不淺。表體多包、情僞屢遷、必雅義以扇其風、清文以馳其麗然懇惻（元作悽）者辭爲心使浮侈者情爲文（元作出）使（一作情爲文屈）繁約得正。華實相勝。脣吻不滯。則中律矣。子貢云心以制之言以結之蓋一（一作以）辭意也荀卿以爲觀人美辭麗於黼黻文章亦可以喻於斯乎

贊曰

敷奏絳闕獻替黼扆言必貞明義則弘偉肅恭節文條理首尾君子秉文辭令有斐

聯事（周禮大宰以八灋治官府三曰官聯以會官治）垂珠（玉藻天子玉藻十有二旒釋名祭服曰冕元上纁下前後垂珠

有文飾也。**八元**〔左傳〕舜臣堯舉八元，使布五教于四方。**書誡**〔書序〕太甲元年，伊尹作伊訓。**思庸**〔書序〕太甲放諸桐，三年復歸于亳，思庸，伊尹作太甲三篇。**獻替**〔左傳〕君所謂可而有否焉，臣獻其否以成其可；君所謂否而有可焉，臣獻其可以去其否。**丕顯**〔左傳〕僖公二十八年，王策命晉侯爲侯伯，晉侯三辭，從命，曰：重耳敢再拜稽首，奉揚天子之丕顯休命，受冊以出。**言筆**〔曲禮〕史載筆，士載言。**章奏表議**〔獨斷〕凡群臣上書於天子者有四名：一曰章，二曰奏，三曰表，四曰駁議。**赤白**〔考工記〕畫繢之事，赤與白謂之章。**揆景**〔晉天文志〕鄭衆說土圭之長尺有五寸，以夏至之日立八尺之表，其景與土圭等，謂之地中。〔桓譚新論〕二儀之大，可以章程測也；三綱之動，可以圭表測也。**七略**見諸子篇。**左雄**〔左雄傳〕自雄掌納言，多所匡肅，章表奏議，臺閣以爲故事。**胡廣**〔胡廣傳〕舉孝廉，既到京師，試以章奏，安帝以廣爲天下第一。**文舉**〔孔融傳〕融字文舉。文選有薦禰衡表。**孔明**〔諸葛亮傳〕亮字孔明，後主建興五年，率諸軍北駐漢中，臨發上疏，表見文選。**琳瑀**陳琳、阮瑀。〔典論〕琳瑀之章表書記，今之雋也。**孔璋**陳琳字孔璋。〔魏文帝與吳質書〕孔璋章表殊健。**陳思之表**〔陳思王植傳太和二年植常自憤怨抱利器而無所施上疏求自試五年植上疏求存問親戚張華張華傳初封廣武縣侯進封壯武郡公華十餘讓中詔敦譬乃受鷦鷯張華傳華初未知名著鷦鷯賦以自寄辭開府羊祜傳武帝時加車騎將軍開府如三司之儀祜上表固讓載文選讓中書文選有庾亮讓中書監表劉琨文選有劉琨勸進表張駿張駿傳駿上疏曰臣專命一方職在斧鉞勸雄既死人懷反正謂季龍李期之命曾不崇朝而皆篡繼凶逆鴟目有年遂使桃蟲鼓翼四夷諠譁臣之所以宵吟荒漠痛心長路者也絳闕孫楚傳楚作書遺孫皓曰竊號之雄稽顙絳闕球琳重錦充於府庫黼扆見詔策篇

奏啓第二十三

昔唐虞之臣敷奏以言秦漢之輔上書稱奏陳政事獻典儀上急變劾愆一作僭謬總謂之奏奏者進也

言（元脫謝補）敷于下、情進于上也、秦始立奏。而法家少文。觀王綰之奏勳德。辭質而義近。李斯之奏驪山。事略而意逕。政（御覽作故）無膏潤。形於篇章矣。自漢以來、奏事或稱上疏、儒雅繼踵、殊采可觀、若夫賈誼之務農、鼂錯之兵事、（元作卒孫改）匡衡之定郊、王吉之觀禮、溫舒之緩獄、谷永之諫仙、理既切至、辭亦通暢、（一作達又作辯）可謂識大體矣、後漢羣賢、嘉言罔伏、楊秉耿介於災異、陳蕃憤懣於尺一、骨鯁得焉、張衡指摘於史職、蔡邕銓列於朝儀、博雅明焉、魏代名臣、文理迭

此句不可多得之三代而下

興若高堂天文、王元作黃從魏志改觀教學、王朗節省、甄元作甌朱改毅考課、亦盡節而知治矣、晉氏多難、災屯流移、劉頌殷勤於時務、溫嶠懇惻一作切於費役、並體國之忠規矣、夫奏之爲筆、固以明允篤誠爲本、辨析疏通爲首、強志足以成務、博見足以窮理、酌古御今、治繁總要、此其體也、若乃按劾之奏、所以明憲清國、昔周之太僕、繩愆糾繆、秦之御史、職主文法、漢置中丞、總司按劾、故位在鷙一作摯擊、砥礪其氣、必使筆端振風、簡上凝霜者也、觀孔光之奏董賢、則實其奸回，路粹之奏孔融，則誣其釁惡，名儒之與險士，固殊心焉。若夫傅咸（元作盛）勁直，而按辭堅深；劉隗切正，而劾文闊略；各其志也。後之彈事，迭相斟酌，惟新日用，而舊準弗差。然函人欲全，矢人欲傷，術在糾惡，勢必深峭。詩刺讒人，投畀豺虎；禮疾無禮，方之鸚猩。墨翟非儒，目以豕彘；孟軻譏墨，比諸禽獸。詩禮儒墨，既其如茲，奏劾嚴文，孰云能免。是以世人爲文，競於詆訶，吹毛取瑕，次骨爲戾，復似善罵，多失折衷。若能闢禮門以懸規，標義路以植矩，然後踰垣者折肱。捷徑者滅趾。何必躁言醜句。詬元作話謝改病爲切哉。是以立範運衡。宜明體要。必使理有典刑。辭有風軌。總法家之式。秉儒家之文。不畏彊禦。氣流墨中。無縱詭隨。聲動簡外。乃稱絶席之雄。直方之舉耳。一作也啓者。開也。高宗云。啓乃心。沃朕心。取其義也。孝景諱啓。故兩漢無稱。至魏國箋記始云啓聞。奏事之末。或云謹啓。自晉來盛啓。用兼表奏。陳政言事。既奏之異條。讓爵謝恩。亦表之别幹。必斂飭元作散入規。促其音節。辨要輕清。文而不侈。亦啓之大略也。又表奏確切，號爲讜言。讜者，偏也。王道有偏，乎乎蕩蕩，下有脱字其偏，故曰讜言也。孝成稱班伯之讜言，貴直也。自漢置八儀，密奏陰陽，皁囊封板，故曰封事。鼂錯受書，還上便宜。後代便宜，多附封事，慎機密也。夫王臣匪躬，必吐謇諤，事舉人存，故無待泛説也。

贊曰

皁飭司直，肅清風禁。筆鋭干將，墨含淳酖。雖有次骨，無或膚浸。獻政陳宜，事必勝任。

急變〔漢平帝紀〕乙未義陵寢神衣在柙中丙申旦衣在外床上寢令以急變聞〔注〕非常之事故云急變

王綰〔秦始皇本紀〕秦初并天下議帝號丞相王綰等議曰陛下平定天下海内爲郡縣法令由一統五帝所不及古有天皇有地皇有泰皇泰皇最貴臣等昧死上尊號王爲秦皇

李斯〔蔡質漢儀〕李斯治驪山陵上書曰臣所將隸徒七十餘萬人治驪山者已深已極鑿之不入燒之不難叩之空空如下天狀

務農〔漢食貨志〕文帝即位躬修儉節思安百姓時民近戰國賈誼說上曰積貯者天下之大命也今敺民而歸之農使天下各食其力末技游食之民轉而緣南畮則蓄積足而人樂其所矣

兵事〔鼂錯傳〕匈奴彊數寇邊上發兵以禦之錯上言兵事

定郊〔漢郊祀志〕成帝初即位丞相匡衡等奏言帝王之事莫大乎承天之序承天之序莫重於郊祀宜於長安定南北郊爲萬世基天子從之

王吉〔王吉傳〕吉疏曰安上治民莫善於禮願陛下與公卿大臣延及儒生述舊禮明王制敺一世之民躋之仁壽之域

溫舒〔路溫舒傳〕宣帝初即位溫舒上書言宜尚德緩刑

谷永〔漢郊祀志〕成帝末年頗好鬼神亦以無繼嗣故多上書言祭祀方術者皆得待詔祠祭上林苑中谷永說上曰臣聞明於天地之性不可惑以神怪盛稱奇怪鬼神及言世有仙人皆挾左道

懷詐僞以欺罔世主楊秉〔楊秉傳〕帝時微行幸河南尹梁胤府舍是日大風拔樹晝昏秉因諫曰王者至尊出入有常況以先王法服而私出槃游設有非常之變上負先帝下悔靡及陳蕃〔陳蕃傳〕時封賞踰制蕃上疏諫曰陛下宜採求得失擇從忠善尺一選舉委尚書三公使褒責誅賞各有所歸張衡指摘〔張衡傳〕衡收檢遺文畢力補綴條上司馬遷班固所敘與典籍不合者十餘事又以爲王莽本傳但應載篡事而已至於編年月紀災祥宜爲元后本紀又宜以更始之號建於光武之初朝儀〔蔡邕獨斷〕正月朝賀三公奉璧上殿向御座北面太常賛曰皇帝爲君興三公伏皇帝坐乃進璧舊儀三公以下月朝後省常以六月朔十月朔旦朝後又以盛暑省六月朝故今獨以爲正月十月朔朝也冬至陽氣起君道長故賀夏至陰氣起君道衰故不賀天文〔高堂隆傳〕青龍中大治殿舍有星孛於大辰隆上疏曰今之宮室實違禮度乃更建立九龍華飾過前天彗章灼始起於房心犯帝座而干紫微此乃皇天子愛陛下是以發教戒之象欲必覺寤陛下不宜有忽以重天怒王觀〔魏志〕觀字偉臺節省魏王朗有節省奏劉頌〔劉頌傳〕除淮南相頌在郡上疏言封國之制宜如古典及六州將士之役凡數千言詔褒美之温嶠〔温嶠傳〕太子起

西池樓觀頗爲勞費蟜上疏以爲朝廷草創巨寇未滅宜應儉以率下太子納焉

繩愆糾繆（書序）穆王命伯冏爲周太僕正作冏命曰惟余一人無良實賴左右前後有位之士匡其不及繩愆糾繆格其非心俾克紹先烈今予命汝作大正正于羣僕侍御之臣懋乃后德交修不逮

御史中丞（漢百官公卿表）御史大夫秦官一曰中丞在殿中蘭臺掌圖籍秘書外督部刺史內領侍御史員十五人受公卿奏事舉劾按章

奏董賢（董賢傳）賢自殺王莽復風孔光奏賢質性巧佞翼奸以獲封侯治第造冢不異王制死後以砂畫棺至尊無以加臣請收沒入財物縣官

奏孔融（孔融傳）曹操令路粹枉奏融昔在北海見王室不靜欲規不軌云我大聖之後有天下者何必卯金刀

傅咸（傅咸傳）咸字長虞剛簡有大節顧榮與親故書曰傅長虞為司隸勁直忠果劾按驚人雖非周才偏亮可貴也

劉隗（劉隗傳）隗遷丞相司直彈奏不畏彊禦

彈事　六朝御史中丞劾奏曰彈事文選有沈休文任彥昇彈事（王淮之傳）宋臺諫除御史中丞為百僚所憚自彪之至淮之四世居此職淮之嘗作五言詩范泰嘲之卿惟解彈事耳

鸚猩（曲禮）鸚鵡能言不離飛鳥猩猩能言不離禽獸今人而無禮雖能言不亦禽獸之心乎

墨翟非

儒〔墨子非儒篇〕貪于飲食惰于作務陷于饑寒無以違之是若人氣鼸鼠藏而羝羊視賁彘起君子笑之

次骨〔杜周傳〕周少言重遲而內深次骨〔注〕其用法深刻至骨

詈罵〔留侯世家〕四皓曰陛下輕士善罵臣等義不受辱故恐而亡匿

踰垣〔國語〕君有短垣而自踰之

捷徑〔離騷〕夫唯捷徑以窘步

絕席〔王常傳〕常為橫野大將軍位次與諸將絕席〔注〕絕席謂尊顯之也漢官儀曰御史大夫尚書令司隸校尉皆專席號三獨坐

讜言〔漢書敘傳〕禁中張畫屏風畫紂醉踞妲己作長夜之樂上指畫問班伯伯對曰詩書淫亂之戒其原皆在於酒上迺喟然歎曰吾久不見班生今日復聞讜言

皁囊封板〔後漢禮儀志〕曰冬至名太史令各板書封以皁囊〔獨斷〕凡章表皆啟封其言密事得皁囊盛

封事〔霍光傳〕上令吏民得奏封事不關尚書

上便宜〔鼂錯傳〕太常遣鼂錯受尚書伏生所還因上便宜事

謇諤〔陳蕃傳〕竇太后優詔蕃曰忠孝之美德冠本朝謇諤之操華首彌固

司直〔百官公卿表〕武帝元狩五年初置司直掌佐丞相舉不法

議對第二十四

周爰諮謀、是謂爲議、議之言宜、審事宜也、易之節卦君子以制度數議德行周書曰議事以制政乃弗迷議貴節制經典之體也昔管仲稱軒轅有明臺之議、則其來遠矣、洪水之難、堯咨四岳、宅揆之舉、舜疇五人、一本臣三代所興、詢及芻蕘、春秋釋宋、魯桓務議、及趙靈胡服而季父爭論、商鞅變法而甘龍交辨、雖憲章無算、而同異足觀、迄至元作今有漢、始立駁議、駁者、雜也、雜議不純、故曰駁也、自兩漢文明、楷式昭備、藹藹多士、發言盈庭、若賈誼之遍代諸生可謂捷於議也、至如主父（當作吾邱）之駁挾弓、安國之辨匈奴、賈捐之之陳於朱崖、劉歆之辨於祖宗、雖質文不同、得事要矣、若乃張敏之斷輕侮、郭躬之議擅誅、程（元作陳）曉之駁校事、司馬芝之議貨錢、何曾蠲出女之科、秦秀定賈充之謚（元作諡）事實允當、可謂達議體矣、漢世善駁、則應劭為首。晉代能議、則傅咸為宗。然仲瑗博古、而銓貫有敘、長虞識治、而屬辭枝繁、及陸機斷議。亦有鋒穎、而諛辭弗剪、頗累文骨、亦各有美、風格存焉、夫動先擬議、明用稽疑所以敬慎羣務、弛張治術、故其大體所資、必樞紐經典、採故實於前代、觀通變於當今、理不謬搖其枝、字不妄舒其藻、又（御覽作其）郊祀必洞於禮、戎事必（一作要又作宜）練於兵田（一作佃）穀先曉於農斷訟務精於律然後標以顯義、約以正辭、文以辨潔為能、不以繁縟為巧、事以明覈為美、不以深隱為奇、此綱領之大要也、若不達政體、而舞筆弄文、支離構辭、穿鑿會巧、空騁其華、固為事實所擯、設得其理、亦為遊辭所埋矣、昔秦女嫁晉、從文衣之媵、（一本下有者字）晉人貴媵而賤女、楚珠鬻鄭、為薰桂之櫝、鄭人買櫝而還珠、若文浮於理。末勝其本。則秦女楚珠。復在於茲矣。又對策者、應詔而陳政也、射策者、探事而獻說也、言中理準、譬射侯中的、二名雖殊、即議之別體也、古之造士、選事考言、漢文中年、始舉賢良、鼂錯對策、蔚為舉首、及孝武益明、旁求俊乂、對策者以第一登庸、射策者以甲科入仕、斯固選賢要術也、觀鼂氏之對、證驗古今、辭裁以辨、事通而贍、超升高第、信有徵矣、仲舒之對、祖述春秋、本陰陽之化、究列代之變煩而不恩者事理明也公孫之對簡而未博然總要以約文事切而情舉所以太常居下而天子擢上也杜欽之對略而指事辭以治宣不為文作及後漢魯丕（元作平朱改）辭氣質素以儒雅中策獨（一作以）入高第凡此五家並前（元作明謝改又一本作列）代之明範也魏晉已來稍務文麗以文紀實所失已多及其來選又稱疾不會雖欲求文弗可得也是以漢飲博士而雉集乎堂晉策秀才而麏興於前無他怪也選失之異耳夫駁議偏辨各執異見對策揄揚大

明治道。使事深於政術。理密於時務。酌三五以鎔世。而非迂緩之高談。馭權變以拯俗。而非刻薄之僞論。風恢恢而能遠、流洋洋而不溢、王庭之美對也、難矣哉、士之為才也或練治而寡文或工文而疎治對策所選實屬通才志足文遠不其鮮歟

贊曰

議惟疇政、名實相課、斷理必綱、摛辭無懦、對策王庭、同時酌和、治體高秉、雅謨遠播、

明臺（管子黄帝立明臺之議者上觀於賢也） 釋宋（春秋僖公二十二年公會諸侯盟于薄釋宋公公羊傳執未有言釋之）

者此其言釋之何公與為爾也公與為爾奈何公與議爾也按魯桓公無議釋宋事桓當作僖

胡服（趙世家）武靈王欲胡服公子成曰中國者賢聖之所教也今王舍此而襲遠方之服變古之教逆人之心王曰儒者一師而俗異中國同禮而教離令叔之所言者俗也吾之所言者所以制俗也公子成曰王將繼簡襄之意以順先王之志臣敢不聽命乎

變法（商君列傳）孝公既用衛鞅鞅欲變法甘龍曰聖人不易民而教知者不變法而治鞅曰龍之所言世俗之言也三代不同禮而王五伯不同法而伯孝公曰善卒定變法之令

駮議見章表篇

賈誼（賈誼傳）誼為博士每詔令議下諸老先生不能言賈生盡為之對人人各如其意所欲出諸生于是乃以為能不及也

駮挾弓（吾邱壽王傳）公孫弘奏言禁民毋得挾弓弩便上下其議壽王對曰臣恐邪人挾之而吏不能止良民以自備而抵法禁是擅賊威而奪民救也上以難弘弘詘服焉按非主父偃事

辨匈奴（韓安國傳）武帝時匈奴請和親大行王恢議伏兵襲擊安國曰匈奴輕疾悍亟之兵也至如猋風去如收電難得而制今使邊郡久廢耕織以支胡之常事其勢不相權也臣故曰勿擊便

陳朱崖朱崖當作珠厓（賈捐之傳）珠厓又反上使王商詰問捐之捐之對曰臣愚以為非冠帶之國禹貢所

及春秋所治皆可且無以為頗遂棄珠厓專用恤關東為憂

辨祖宗〔劉歆武帝廟不宜毀議〕孝武皇帝南滅百粵北攘匈奴至今累世賴之天子三昭三穆與太祖之廟而七孝宣皇帝舉公卿之議既以為世宗之廟臣愚以為不宜毀

斷輕侮〔張敏傳〕建初中有人侮辱人父者而其子殺之肅宗貰其死刑自後因以為比遂定議以為輕侮法敏駁議曰使執憲之吏得設巧詐非所以導在醜不爭之義可下三公廷尉蠲除其敝議寢不省敏復上疏和帝從之

議擅誅〔郭躬傳〕竇固出擊匈奴秦彭為副彭在別屯而輒以法斬人固奏彭專擅請誅之顯宗乃引公卿朝臣平其罪科躬曰漢制棨戟即為斧鉞於法不合罪帝從躬議

駁校事〔魏志〕程曉嘉平中為黃門侍郎時校事放橫曉上疏遂罷校事官

議貨錢〔司馬芝傳〕先是文帝罷五銖錢令民以穀幣為市至明帝時巧偽滋多芝議以用錢非獨豐國亦以省刑從之

蠲出女科〔晉刑法志〕魏法犯大逆者誅及已出之女毋丘儉之誅其子甸妻荀氏應坐死詔聽離婚荀氏所生女芝為劉子元妻亦坐死以懷姙繫獄荀氏辭詣司隸校尉何曾乞恩求沒為官婢以贖芝命曾哀之使主簿程咸上議曰男不得罪於他族而女獨嬰戮於二門臣以為在室之女從父母之誅既醮之婦從夫家之罰宜

改舊科以為永制定賈充謚〔秦秀傳〕賈充薨議謚秀議曰充以異姓為後絕祖父之血食開朝廷之禍門謚法昏亂紀度曰荒請謚荒應劭〔應劭傳〕劭凡為駁議三十篇仲瑗〔應劭傳〕劭字仲達〔注〕續漢書文士傳作仲援漢官儀又作仲瑗賁媵賤女買櫝還珠〔韓子〕昔秦伯嫁其女於晉公子令秦為之飾裝從衣服之媵七十人至晉晉人愛其妾而賤公女此可謂善嫁妾而未可謂善嫁女也楚人有賣其珠於鄭者為木蘭之櫃薰桂椒之櫝綴以珠玉飾以玫瑰輯以翡翠鄭人買其櫝而還其珠此可謂善賣櫝矣未可謂善鬻珠也射策對策〔蕭望之傳〕望之以射策甲科為郎〔注〕射策者謂為難問疑義書之於策量其大小署為甲乙之科列而置之不使彰顯有欲射者隨其所取得而釋之以知優劣射之言投射也對策者顯問以政事經義令各對之而觀其文辭定高下也舉賢良〔鼂錯傳〕詔有司舉賢良文學士對策者百餘人錯為高第仲舒〔董仲舒傳〕仲舒少治春秋武帝即位舉賢良文學之士前後百數而仲舒以賢良對策舉首公孫對〔平津侯傳〕公孫弘使匈奴還不合上意病免歸元光五年詔徵文學國人固推弘弘至太常太常令所徵儒士各對策百餘人弘第居下策奏

天子擢弘對為第一　杜欽〔杜欽傳〕曰蝕地震詔舉賢良方正能直言士欽上對云云　魯丕〔魯丕傳〕丕字叔陵兼通五經為當世名儒肅宗詔舉賢良方正劉寬舉丕時對策者百有餘人惟丕在高第關東號之曰五經復興魯叔陵　稱疾〔晉書〕元帝時以天下喪亂遠方孝秀不復策試到即除署既經略粗定乃詔試經有不中科刺史太守免官其後孝秀莫敢應命有送至京師皆以疾辭　雉集〔漢成帝紀〕鴻嘉二年春行幸雲陽三月博士行飲酒禮有雉蜚集于庭歷階升堂而雊詔舉敦厚有行義能直言者冀聞切言嘉謀　麏興〔晉五行志〕咸和六年正月會州郡秀孝於樂賢堂有麏見于前獲之孫盛以為吉祥夫秀孝天下之彥士樂賢堂所以樂養賢也自喪亂以後風教陵夷秀孝策試四科之實麏興於前或斯故乎　志足文遠〔左傳〕仲尼曰志有之言以足志文以足言不言誰知其志言之無文行而不遠

書記第二十五

大舜云書用識哉所以記時事也蓋聖賢言辭總

可諮解作鞭策之謬

爲之一作尚書書之爲體主言者也揚雄曰言心聲也書心畫也聲畫形君子小人見矣故書者、舒也、舒布其言、陳之簡牘、取象於夬貴在明決而已、三代政暇、文翰頗疎、春秋聘繁、書介彌盛繞朝贈士會以策、子家與趙宣以書、巫臣之遺子反、子產之諫范宣、詳觀四書、辭若對面、又子服敬叔進弔書于滕君、固知行人挈辭。多被翰墨矣。及七國獻書、詭麗輻輳、漢來筆札辭氣紛紜、觀史遷之報任安東方朔之難公孫、楊惲之酬會宗、子雲之答劉歆、志氣槃桓、各含殊采、並杼軸乎尺素、抑揚乎寸心、逮後漢書記、則崔瑗尤善、魏之元瑜、號稱翩翩、文舉屬章、半簡必録、休璉好事、留意詞翰、抑其次也、嵇康絶交、實志高而文偉矣、趙至敘（元作贈王性凝改）離、迺少年之激切也、至如陳遵占辭、百封各意、禰衡代書、親疏得宜、斯又（御覽作皆）尺牘之偏才也、詳總書體、本在盡言、言以散鬱陶、託風采、故宜條暢（御覽作滌蕩）以任氣、優柔以懌懷、文明從容、亦心聲之獻酬也、若夫尊貴差序、則肅以節文、戰國以前、君臣同書、秦漢立儀始有表奏王公國內亦稱奏書張敞奏書於膠后其義美矣迄至後漢稍有名品公府奏記而郡將奏牋記之言志進已志也牋者表也表識其情也崔寔奏記於公府則崇讓之德音矣黃香奏牋於江夏亦肅恭之遺式矣公幹牋記麗而規益子桓弗論故世所共遺若略名取實則有美於為詩矣劉廙謝恩喻切以至陸機自理情周而巧牋之為善者也原牋記之為式既上窺乎表亦下睨乎書使敬而不懾簡而無傲清美以惠其才彪蔚以

文其響、蓋牋記之分也、夫書記廣大。衣被事體、筆劄雜名。古今多品。是以總領黎庶、則有譜籍簿錄。醫歷星筮、則有方術占試。申憲述兵、則有律令法制。朝市徵信、則有符契券疏。百官詢事、則有關刺解諜。萬民達志、則有狀列辭諺。並述理於心、著言於翰、雖藝文之末品、而政事之先務也、故謂譜者、普也、注序世統、事資周普、鄭氏譜詩、蓋取乎此、籍者、借也、歲借民力、條之於版、春秋司籍、即其事也、簿者、圃也、草木區別、文書類聚、張湯李廣、為吏所簿別情僞也、録者、領也、古史世本、編以簡策、領其名數、故曰録也、方者、隅也、醫藥攻病、各有所主、專精一隅、故藥術稱方、術者、路也、算歷極數、見路乃明、九章積微、故以為術、淮南萬畢、皆其類也、占者、覘也、星辰飛伏、伺候乃見、精（疑作登）觀書雲、故曰占也、式者（元脫）則也、陰陽盈虛、五行消息、變雖不常、而稽之有則也、律者、中也、黃鐘調起、五音以正（元本下多音以正三字）法律馭民、八刑克平、以律為名、取中正也、令者、命也、出命申禁、有若自天、管仲下命（一作令）如流水、使民從也法者象也兵謀無方而奇正有象故曰法也制者裁也上行於下如匠之制器也符者孚元作厚謝改也徵名防僞事資中孚三代玉瑞漢世金竹末代從省易以書翰矣契者結也上古純質結繩執契今羌胡徵數負販記緡其遺風歟券者束也明白約束以備情僞字形半分故周稱判書古有鐵券以堅信誓王褒髯奴則券之楷也疏者布也布置物類撮題近意故小券短書號爲疏也關者閉也出入由門關閉當一作由審庶務在政通塞應詳韓非

云孫亶回（元作四朱改）聖相也而關於州部蓋謂此也刺者達也詩人諷刺周禮三刺事敘相達若針之通結矣解者釋也解釋結滯徵事以對也牒者葉也短簡編牒如葉在枝溫舒截蒲即其事也議政未定故短牒咨謀牒之尤密謂之為籤籤者纖（一作籖）密者也狀者貌也體（一作禮）貌本原取其事實先賢表諡並有行狀狀之大者也列者陳也陳列事情昭然可見也辭者舌端之文通己於人子產有辭諸侯所賴不可已也諺者直語也喪言亦不及文（元作交）故

四疑作數

弔亦稱諺、廛路淺言、有實無華、鄒穆公云、囊滿（江本作漏）儲中、皆其類也、太誓曰、古人有言、牝雞無晨、大雅云、人亦有言、惟憂用老、並上古遺諺、詩書可引者也、至於陳琳諫辭、稱掩目捕雀、潘岳哀辭、稱掌珠伉儷、並引俗説而為文辭者也、夫文辭鄙俚、莫過於諺、而聖賢詩書、採以為談、況踰於此、豈可忽哉、

觀此四條、並書記所揔、或事本相通、而文意各異、或全任質素、或雜用文綺、隨事立體、貴乎精要、意少一字則義闕、句長一言則辭妨、並有司（一作詞）之實

務。而浮藻之所忽也。然才冠鴻筆。多疎尺牘。譬九方堙之識駿足。而不知毛色牝牡也。言既身文信亦邦瑞。翰林之士。思理實焉。

贊曰

文藻條流。託在筆札。既馳金相。亦運木訥。萬古聲薦。千里應援。庶務紛綸。因書乃察。

書用識哉（書益稷篇文）揚雄云云（見法言問神篇）簡牘（杜預春秋序大事書之於策小事簡牘而已）象夬（見徵聖篇）贈策（左傳晉人患秦之用士會也乃使魏壽餘偽以魏叛者以誘士會士會行繞朝贈之以策曰子無謂秦無人吾謀適不用也）與書（左傳晉侯不見鄭伯以為貳於楚也鄭子家使執訊而與之書以告趙宣子）遺

子反〔左傳〕楚子重子反以夏姬故怨巫臣而殺其族巫臣自晉遺二子書

諫范宣〔左傳〕范宣子爲政諸侯之幣重鄭人病之子産寓書於子西以告宣子

進弔書〔檀弓〕滕成公之喪使子服敬叔弔進書

筆札〔司馬相如傳〕相如請爲天子游獵之賦上令尚書給筆札〔注〕札木簡之薄小者時未多用紙故給札以書

報任安〔司馬遷傳〕遷被刑之後爲中書令尊寵任職故人益州刺史任安予遷書責以古賢臣之義遷報以書

難公孫〔公孫弘傳〕武帝時北築朔方弘諫以爲罷弊中國上使朱買臣等難弘置朔方之便發十策弘不得一按東方朔傳有答客難無難公孫弘事

酬會宗〔楊惲傳〕惲失位家居治産業起室宅以財自娛友人孫會宗知略士也與惲書諫戒之惲報以書

答劉歆揚雄字子雲集有答劉歆書

元瑜〔魏文帝集與吳質書〕元瑜書記翩翩致足樂也

文舉〔孔融傳〕融字文舉魏文帝深好融文辭募天下上融文章者輒賞以金帛

休璉〔文章敘錄〕應璩字休璉博學好屬文善爲書記文

絶交〔嵇康傳〕山濤將去選官舉康自代康乃與濤書告絶

敘離〔晉文苑傳〕趙至與嵇康兄子蕃友善及將遠適乃與蕃書敘離并陳其志

陳遵〔陳遵傳〕起爲河南太

守既到官治私書謝京師故人遵憑几口占書吏且省官事書數百封親疎各有意**禰衡**〔後漢文苑傳〕禰衡爲黄祖作書記輕重疎密各得體宜**獻酬**〔世説〕人問撫軍殷浩談竟何如答曰不能勝人差可獻酬羣心**君臣同書**如樂毅報燕王燕王謝樂間上下無別同稱書也**表奏**〔文章緣起〕表淮南王安諫伐閩表奏漢枚乘奏書諫吳王濞**張敞**〔張敞傳〕敞拜膠東相到膠東居頃之王太后數出游獵敞奏書諫**郡將**〔嚴延年傳〕延年新將〔注〕新爲郡將也謂郡守爲郡將者以其兼領武事也**崔寔**見諸子篇**黄香**〔後漢文苑傳〕黄香字文彊江夏安陸人所著賦牋奏書令凡五篇**劉廙公幹**劉楨字公幹按魏文帝與吳質書公幹五言詩妙絶當時而不言其牋記故云弗論文帝字子桓〔劉廙傳〕魏諷反廙弟偉爲諷所引當相坐誅太祖令曰叔向不坐弟虎古之制也特原不問徙署丞相倉曹屬廙上疏謝曰起烟於寒灰之上生華於已枯之木物不答施於天地子不謝生於父母**陸機自理**〔陸機謝平原内史表〕横爲故齊王冏誣臣與衆人共作禪文幽執囹圄當爲誅始臣乃崎嶇自列片言隻字不關其間字蹤筆迹皆可推校**譜**〔漢藝文志〕帝王諸侯世譜二十卷古來帝

王年譜五卷〔劉杳傳〕王僧孺撰譜訪杳血脉所因杳云桓譚新論云太史三世表旁行邪上並效周譜以此而推當起周代 籍〔蕭何
世家〕高祖入關何獨先走丞相府收圖籍以是具知天下戶口阨塞 簿〔漢食貨志〕多張空簿〔注〕簿計簿也 錄〔周禮職幣〕振掌
事者之餘財皆辨其物而奠其錄〔注〕定其錄籍 方〔漢藝文志〕經方十一家經方者辯五苦六辛致水火之齊以通閉解結 術〔漢藝
文志〕凡數術百九十家數術者皆明堂羲和史卜之職也 占〔漢藝文志〕雜占十八家雜占者紀百事之象候善惡之徵 式〔周禮〕
大師抱天時與大師同車〔注〕太史主抱式以知天時處吉凶釋曰據當時占文謂之式以其見時候有瀆式故謂載天文者爲式〔漢藝文志〕羨
門式法二十卷羨門式二十卷 律〔漢刑法志〕蕭何攈摭秦法取其宜於時者作律九章 令〔蕭望之傳〕金布令甲〔注〕金布者令篇
名也其上有府庫金錢布帛之事因以篇名令甲者其篇甲乙之次 法〔周禮疏〕齊景公時大夫田穰苴作司馬法至六國時齊威
王大夫等追論古法又作司馬法附于穰苴〔漢藝文志〕張良韓信序次兵法 制〔禮記月令〕命有司脩法制 符〔東觀漢記〕郭丹
初之長安從宛人陳兆買入關符以入函谷關既入封符乞人曰不乘使者車不出關 契〔周禮〕小宰之職聽取予以書契〔注〕書契謂出予

受人之凡要凡簿書之最目獄訟之要詞皆曰契**券**周禮天官小宰四曰聽稱責以傅別注傅別謂券書也聽訟責者以券書決之

地官質人大市以質小市以劑注大市人民馬牛之屬用長券小市兵器珍異之物用短券**關刺**唐百官志諸司相質其制有三

一曰關二曰刺三曰移**牒**左傳右師不敢對受牒而退正義簡牒也牒札也**狀**楊引傳引母終經十三年哀慕不改郡縣鄉里

三百人上狀稱美**辭**周書兩造具備師聽五辭辭五辭簡孚正于五刑**譜詩**鄭元傳元所著毛詩譜注元於詩禮論語為之

作序此譜亦序之類避子夏序名以其列諸侯世及之次謂之為譜**司籍**左傳周景王謂籍談曰昔而高祖孫伯黶司晉之典

籍以為大政故曰籍氏**張湯**史記酷吏傳天子以湯懷詐面欺使使八輩簿責湯注謂以文簿次第一一責之**李廣**

李廣傳廣從大將軍擊匈奴惑失道大將軍使長史急責廣之幕府對簿**世本**班彪傳左邱明有記錄黃帝以來至春秋時帝

王公侯卿大夫號曰世本一十五篇馬總意林傳子曰楚漢之際有好事者作世本上錄黃帝下逮漢末**九章**鄭元傳始通京氏易

公羊春秋三統歷九章算術注三統歷劉歆所撰九章算術周公作也凡有九篇方田一粟米二差分三少廣四均輸五方程六傍要七盈

不足八鈎股九**萬畢**〔龜策傳〕臣爲郎時見萬畢石朱方傳曰有神龜在江南嘉林中〔注〕萬畢術中有石朱方方中說嘉林中

故云傳曰淮南有畢萬術一卷**書雲**〔左傳〕凡分至啓閉必書雲物**黃鐘**〔漢律歷志〕五聲之本生于黃鐘之律

管仲〔管子〕下令於流水之原者令順民心也**玉瑞**〔周禮典瑞〕掌玉瑞玉器之藏〔注〕瑞符信也〔五帝本紀〕修五禮五玉〔注〕

即五瑞也**金竹**〔孝文本紀〕初與郡國守相爲銅虎符竹使符**判書**〔周禮秋官〕朝士凡有責者有判書以治則聽〔注〕

判半分而合者**鐵券**〔漢高帝紀〕與功臣剖符作誓丹書鐵券**髯奴**〔王褒僮約〕券文曰資中男子王子淵從成都安

志里女子楊惠買夫時戶下髯奴便了決賈萬五千奴從百役使不得有二言**孫亶回**〔韓子〕徐渠問田鳩曰陽城義渠名將

也而措於毛伯公孫亶回聖相也而闕於州部何哉田鳩曰此無他主有度上有術之故也**三刺**〔周禮〕司刺掌三刺三宥三赦之

法以贊司寇聽獄訟一刺曰訊羣臣再刺曰訊羣吏三刺曰訊萬民**截蒲**〔路溫舒傳〕溫舒取澤中蒲截以爲牒編用寫書**行**

狀〔文章緣起〕行狀漢丞相倉曹傅胡幹作楊元伯行狀**子產**〔左傳〕叔向曰辭之不可以已也子產有辭諸侯賴之若之何其釋

辭也**囊漏儲中**賈誼新書鄒穆公令食鳧雁者必以粃於是倉無粃而求易於民二石粟而易一石粃吏請以粟食之公曰去非而所知也汝知小計而不知大會周諺曰囊漏貯中而獨弗聞與**掩目捕雀**何進傳袁紹等欲名外兵向京城以脅太后進然之陳琳諫曰易稱即鹿無虞諺有掩目捕雀夫微物尚不可欺以得志況國之大事其可以詐立乎**伉儷**潘黃門集楊仲武誄序子之姑子之伉儷**九方堙**淮南子秦穆公使九方堙求馬三月而反報曰在於沙邱牡而黃使人往取之牝而驪穆公不說伯樂曰若堙之所觀者天機也得其精而忘其粗馬至而果千里之馬**翰林**長楊賦藉翰林以爲主人注翰筆也翰林文翰之多若林

男　登賢雲門　登穀春畬　校

文心雕龍卷第五

文心雕龍卷第六

梁劉　勰撰

北平黄叔琳崑圃輯注

望湖王永祺延之
潤州張　晃冠伯　叅訂

神思第二十六

古人云形在江海之上、心存魏闕之下、神思之謂也、文之思也、其神遠矣、故寂然凝慮、思接千載、悄焉動容、視通萬里、吟詠之間、吐納珠玉之聲、眉睫之前、卷舒風雲之色、其思理之致乎、故思理爲妙神與物遊。神居胸臆。而志氣統其關鍵。物沿耳目。而辭令管其樞機。樞機方通。則物無隱貌。關鍵將塞。則神有遯心。是以陶鈞文思。貴在虛靜。疏瀹五藏。澡雪精神。積學以儲寶。酌理以富才。研閱以窮照。馴致以懌（一作繹）辭。然後使玄解之宰。尋聲律而定墨。獨照之匠。闚意象而運斤。此蓋馭文之首術。謀篇之大端。夫神思方運。萬塗競萌。規矩虛位。刻鏤無形。登山則情滿於山。觀海則意溢於海。我才之多少。將與風雲而並驅矣。方其搦翰。氣倍辭前。暨

詞人所心苦而口不能言者被君直指其所以然

乎篇成半折心始何則意翻空而易奇言徵實而難巧也是以意授於思言授於意密則無際疎則千里或理在方寸而求之域表或義在咫尺而思隔山河是以秉心養術無務苦慮含章司契不必勞情也人之禀才遲速異分文之制體大小殊功相如含筆而腐毫揚雄輟翰而驚夢桓譚疾感於苦思王充氣竭於思慮張衡研京以十年左思練都以一紀雖有巨文亦思之緩也淮南崇朝而賦騷枚臯應詔而成賦子建援牘如口誦仲宣舉筆

遲速由乎禀才若垂之於後則遲速一也而遲常勝速枚皐百賦無傳相如賦皆在人口可驗矣

似宿構阮瑀據案而制書禰衡當食而草奏雖有短篇亦思之速也若夫駿發之士心總要術敏在慮前應機立斷覃思之人情饒歧路鑒在疑後研慮方定機敏故造次而成功慮疑故愈久而致績難易雖殊並資博練若學淺而空遲才疎而徒速以斯成器未之前聞是以臨篇綴慮必有二患理鬱者苦貧辭溺者傷亂然則博見（一作聞）爲饋貧之糧貫一爲拯亂之藥博而能一亦有助乎心力矣若情數詭雜體變遷貿拙辭或孕於巧義庸事或萌

於新意視布於麻雖云未費杼軸獻功煥然乃珍至於思表纖旨文外曲致言所不追筆固知止至精而後闡其妙至變而後通其數伊摯不能言鼎輪扁不能語斤其微矣乎

贊曰

神用象通情變所孕物以貌求心以理應汪作勝刻鏤聲律萌芽比興結慮司契垂帷制勝

江海魏闕莊子中山公子牟謂瞻子曰身在江海之上心居乎魏闕之下奈何關鍵老子善閉無關揵而不可開小爾雅鍵謂之鑰陶鈞鄒陽傳陽上書曰聖王制世御俗獨化於陶鈞之上注陶家名轉者爲鈞蓋取周回調鈞耳言聖王制馭

天下亦猶陶人轉鈞定墨禮玉藻卜人定龜史定墨司契陸機文賦意司契而爲匠相如枚臯傳臯爲文疾受詔輒成故所賦者多司馬相如善爲文而遲故所作少而善於臯揚雄驚夢桓譚新論成帝幸甘泉詔揚子雲作賦倦臥夢其五藏出在地以手收內桓譚苦思桓譚新論余少時見揚子雲之麗文高論而猥欲逮及嘗激一事而作小賦用精思太劇而立感動發病彌日瘳王充王充傳充閉門潛思著論衡二十餘萬言年漸七十志力衰耗乃造性書十六篇裁節嗜欲頤神自守口誦楊修答臨淄侯曹子建牋嘗親見執事握牘持筆有所造作若成誦在心借書於手曾不斯須少留思慮宿構王粲傳粲字仲宣善屬文舉筆便成無所改定時人常以為宿構然正復精意覃思亦不能加也阮瑀據鞍典略太祖嘗使阮瑀作書與韓遂瑀於馬上具草書成呈之太祖擥筆欲有所定而竟不能增損禰衡草奏禰衡傳劉表嘗與諸文人共草章奏時衡出還見之開省未周因毀以抵地從求筆札須臾立成辭義可觀表益重之應機立斷劉向新序所以尚干將莫邪者貴其立斷也陳琳答東阿王牋拂鐘無聲應機立斷伊摯呂氏春秋湯得伊尹明日設朝而見

之說湯以至味曰鼎中之變精妙微纖口弗能言志弗能喩

輪扁莊子輪扁謂桓公曰以臣之事觀之斲輪徐則甘而不固疾則苦而不入不徐不疾得之於手而應於心口不能言有數存焉於其間

體性第二十七

夫情動而言形、理發而文見、蓋沿隱以至顯、因內而符外者也、然才有庸儁。氣有剛柔。學有淺深。習有雅鄭。並情性所鑠。陶染所凝。是以筆區雲譎、文苑波詭者矣。故辭理庸儁莫能翻其才風趣剛柔寧或改其氣事義淺深未聞乖其學體式雅鄭鮮有反其習各師成心、其異如面、若總其歸塗、則數窮八體、一曰典雅。二曰遠奧。三曰精約。四曰顯附五曰繁縟。六曰壯麗。七曰新奇。八曰輕靡。典雅者、鎔式經誥、方軌儒門者也、遠奧者、馥采典文、經理玄宗者也、精約者、覈字省句、剖析毫釐者也、顯附者、辭直義暢、切理厭心者也、繁縟者、博喻釀采、煒燁枝派者也、壯麗者、高論宏裁、卓爍異采者也、新奇者、擯古競今、危側趣詭者也、輕靡者、浮文弱植、縹緲附俗者也、故雅與奇反、奧與顯殊、繁與約舛、壯與輕乖、文辭根葉。苑囿其中矣。若夫八體屢遷。

由文辭得其情性雖並世猶難之況異代乎如此裁鑒于古無兩

功以學成才力居中肇自血氣氣以實志志以定言吐納英華莫非情性是以賈生俊發故文潔而體清長卿傲誕故理侈而辭溢子雲沈寂故志隱而味深子政簡易故趣昭而事博孟堅雅懿故裁密而思靡平子淹通故慮周而藻密仲宣躁銳故穎出而才果公幹氣褊故言壯而情駭嗣宗俶儻故響逸而調遠叔夜儁俠故興高而采烈安仁輕敏故鋒發而韻流士衡矜重故情繁而辭隱觸類以推表裏必符豈非自然之恒資才氣之大略哉

夫才有天資、學慎始習、斲梓染絲、功在初化、器成綵定、難可翻移、故童子雕琢、必先雅製、沿根討葉、思轉自圓、八體雖殊、會通合數、得其環中、則輻輳相成、故宜摹體以定習。因性以練才。文之司南。用此道也。

贊曰

才性異區、文辭繁詭、辭爲膚根、志實骨髓、雅麗黼黻、淫巧朱紫、習亦凝（一作疑）眞、功沿漸靡、

簡易（〔劉向傳〕向字子政爲人簡易無威儀）斲梓（〔周書〕若作梓材既勤樸斲）染絲（〔墨子〕墨子見染絲者而歎

即後所云雉竄文囿也

曰染于蒼則蒼染于黃則黃故染不可不慎也環中〔莊子〕樞始得其環中以應無窮司南〔韓子〕先王立司南以端朝夕〔注〕司南即指南車也以喻國之正法

風骨第二十八

詩揔六義風冠其首斯乃化感之本源志氣之符契也是以怊悵述情必始乎風沉吟鋪辭莫先於骨故辭之待骨如體之樹骸情之含風猶形之包氣結言端直則文骨成焉意氣駿爽則文風清一作生焉若豐藻克贍風骨不飛則振采失鮮負聲無力是以綴慮裁篇務盈守氣剛健既實輝光乃新其

爲文用。譬征鳥之使翼也。故練於骨者。析辭必精。深乎風者。述情必顯。捶字堅而難移。結響凝而不滯。此風骨之力也。若瘠義肥辭。繁雜失統。則無骨之徵也。思不環周。索莫（元作課，楊改）乏氣。（元作風，楊改）則無風之驗也。昔潘勗錫魏。思摹經典。羣才韜筆。乃其骨髓峻也。相如賦仙。氣號凌雲。蔚為辭宗。迺其風力遒也。能鑒斯要。可以定文。茲術或違。無務繁采。故魏文稱文以氣為主。氣之清濁有體。不可力强而致。故其論孔融、則云體氣高妙。論徐幹、則云時有齊

氣是風骨之本

風骨又必從經典子史中出

氣論劉楨則云（一本下有時字）有逸氣公幹亦云孔氏卓卓信含異氣筆墨之性殆不可勝並重氣之旨也夫翬翟備色而翾翥百步肌豐而力沉也鷹隼乏采而翰飛戾天骨勁而氣猛也文章才力有似于此若風骨乏采則鷙集翰林采乏風骨則雉竄文囿唯藻耀而高翔固文筆之鳴鳳也若夫鎔鑄（一作治）經典之範翔集子史之術洞曉情變曲昭文體然後能孚（汪作莩）甲新意雕畫奇辭昭體故意新而不亂曉變故辭奇而不黷若骨采未圓風辭未練而跨略

舊規。馳騖新作。雖獲巧意。危敗亦多。豈空結奇字紕繆而成經矣周書云辭尚體要弗惟好異蓋防文濫也然文術多門各適所好明者弗授學者弗師於是習華隨侈流遁忘反若能確乎正式使文明以健則風清骨峻篇體光華能研諸慮何遠之有哉

贊曰

情與氣偕辭共體並文明以健珪璋乃騁蔚彼風力嚴此骨鯁才鋒峻立符采克炳

剛健〔易象曰大畜剛健篤實輝光日新其德〕征鳥〔禮記月令征鳥厲疾〕錫魏〔見詔策篇〕賦仙〔司馬相如傳相如以為列僊之儒居山澤間形容甚臞此非帝王之僊意也乃遂奏大人賦天子大悅飄飄有淩雲氣游天地之間意〕魏文〔文以氣為主云云魏文帝典論論文語也〕孔融徐幹〔魏文帝集典論論文王粲長於辭賦徐幹時有齊氣然非粲之匹也孔融體氣高妙有過人者然不能持論理不勝辭至於雜以嘲戲及其所善揚班儔也〕劉楨逸氣〔魏志劉楨字公幹文帝書與吳質曰公幹有逸氣但未遒耳〕孚甲〔詩疏楊之孚甲早於衆木昏姻失時曾木之不如也後漢章帝詔方春生養萬物孚甲宜助萌陽以育時物〕奇字〔揚雄傳劉棻嘗從雄學作奇字〕

通變第二十九

夫設文之體有常、變文之數無方、何以明其然耶、凡詩賦書記。名理相因。此有常之體也。文辭氣力。

通變則久，此無方之數也。名理有常，體必資於故實；通變無方，數必酌於新聲。故能騁無窮之路，飲不竭之源。然綆短者銜渴，足疲者輟塗，非文理之數盡，乃通變之術疎耳。故論文之方，譬諸草木，根幹麗土而同性，臭味晞陽而異品矣。是以九代詠歌，志合文則（元作財，許無念改）。黃歌斷竹，質之至也；唐歌在昔，則廣於黃世；虞歌卿雲，則文於唐時；夏歌雕墻，縟於虞代；商周篇什，麗於夏年。至於序志述時，其揆一也。暨楚之騷文，矩式周人；漢之賦頌，影寫楚

楚漢而下尤切中

世魏之策元作薦許無念改一本作篇制顧慕漢風晉之辭章瞻望魏采搉而論之則黃唐淳而質虞夏質而辨商周麗而雅楚漢侈而豔魏晉淺而綺宋初訛而新從質及訛彌近彌澹何則競今疎古風味一作末氣衰也今才頴之士刻意學文多略漢篇師範宋集雖古今備閱然近附而遠疎矣夫青生於藍絳生於蒨雖踰本色不能復化桓君山云予見新進麗文美而無採及見劉揚言辭常輒有得此其驗也故練青濯絳必歸藍蒨矯訛翻淺還宗經誥斯斟酌乎

質文之間。而隱括乎雅俗之際。可與言通變矣。夫
誇張聲貌則漢初已極自兹厥後循環相因雖軒
翥出轍而終入籠内枚乘七發云通望兮東海虹
洞兮蒼天相如上林云視之無端察之無涯日出
東沼月生西陂馬融廣成云天地虹洞固元作因按頌文改
無端涯大明出東月生西陂揚雄校獵云出入日
月天與地沓張衡西京云日月於是乎出入象扶
桑於濛汜此並廣寓極狀而五家如一諸如此類
莫不相循參伍因革通變之數也是以規略文統

宜宏大體，先博覽以精閱，總綱紀而攝契，然後拓衢路，置關鍵，長轡遠馭，從容按節，憑情以會通，負氣以適變，采如宛虹之奮鬐，光（元作毛，曹改）若長離之振翼，迺脫穎之文矣。若乃齷齪於偏解，矜激乎一致，此庭間之迴驟，豈萬里之逸步哉。

贊曰：

文律運周，日新其業。變則其（疑作可）久，通則不乏。趨時必果，乘機無法（一作路）。望今制奇，參古定法。

綆短（莊子：綆短者不可以汲深）斷竹（吳越春秋：范蠡進善射者陳音，越王請音而問曰：孤聞子善射，道何所生？音曰：臣

聞弩生於弓弓生於彈彈起於古之孝子不忍見父母為禽獸所食故作彈以守之故歌曰斷竹續竹飛土逐宍按斷竹之歌即竹彈之謡

卿雲〔尚書大傳〕舜將禅禹百工相和而歌卿雲帝歌曰卿雲爛兮糺縵縵兮日月光華旦復旦兮八伯咸進稽首而和歌曰明明上天爛然星陳日月光華弘于一人

雕墻〔書五子之歌〕峻宇雕墻

青藍〔荀子〕青出之藍而青於藍

絳蒨〔爾雅〕茹藘〔注〕今之蒨也可以染絳〔疏〕今染絳蒨也一名茹藘一名茅蒐詩疏廣要〔注〕本草茜根可以染絳一名蒨

隱括〔家語〕自極於隱括之中

宛虹〔西京賦〕瞰宛虹之長鬐〔注〕宛謂屈曲也鬐虹鬛也

長離〔張衡思元賦〕前長離使拂羽兮〔注〕長離南方朱雀也

脫穎〔平原君傳〕毛遂曰臣今日請處囊中耳使遂蚤得處囊中乃脫穎而出非特其末見而已

齷齪〔張衡西京賦〕獨儉嗇以齷齪〔注〕齷齪小節也〔司馬相如難蜀父老〕委瑣齷齪〔注〕齷齪急也促貌

庭間迴驟〔楚辭哀時命〕騁騏驥于中庭兮焉能極夫遠道

定勢第三十

行乎其不得不行轉也止乎其不得不止安也

夫情致異區、文變殊術、莫不因情立體、即體成勢也、勢者、乘利而爲制也、如機發矢直、澗曲湍元作文王性凝按本贊改回、自然之趣也、圓者規體、其勢也自轉、方者矩形、其勢也自安、文章體勢、如斯而已、是以模經爲式者、自入典雅之懿、效騷元作驗王改命篇者、必歸豔逸之華、綜意淺切者、類乏醞藉、斷一作斵辭辨約者、率乖繁縟、譬激水不漪、槁木無陰、自然之勢也、是以繪事圖色、文辭盡情、色糅而犬馬殊形、情交而雅俗異勢、鎔範所擬、各有司匠、雖無嚴郛、難得踰越、然淵乎文者、並總羣勢、奇正雖反、必兼解以俱通、剛柔雖殊、必隨時而適用、若愛典而惡華。則兼通之理偏。似夏人爭弓矢。執一不可以獨射也。若雅鄭而共篇。則總一之勢離。是楚人鬻矛譽盾。兩難得而俱售也。是以括囊雜體、功（一作切從御覽改）在銓別、宮商朱紫、隨勢各配、章表奏議。則準的乎典雅（一作雅頌從御覽改）。賦頌歌詩。則羽儀乎清麗。符檄書移。則楷式於明斷。史論序注。則師範於覈要。箴銘碑誄。則體制於弘深。連珠七辭。則從事於巧豔。此循體而成勢。隨

此慷慨任氣之失

變而立功者也。雖復契會相參。節文互雜。譬五色之錦。各以本采爲地矣。桓譚稱文家各有所慕。或好浮華而不知實覈。或美衆多而不見要約。陳思亦云。世之作者。或好煩文博採。深沉其旨者。或好離言辨白。分毫析釐者。所習不同。所務各異。言勢殊也。劉楨云、文之體指實強弱、使其辭已盡而勢有餘。天下一人耳。不可得也。公幹所談。頗亦兼氣。然文之任勢。勢有剛柔。不必壯言慷慨。乃稱勢也。又陸雲自稱往日論文。先辭而後情、尚勢而不取

此取新效奇之法

悦澤及張公論文則欲宗其言夫情固先辭勢實須澤可謂先迷後能從善矣自近代辭人率好詭巧原其爲體訛勢所變厭黷舊式故穿鑿取新察其訛意似難而實無他術也反正而已故文反正爲乏(元作支)辭反正爲奇效奇之法必顛倒文句(元作向王改)上字而抑下中辭而出外回互不常則新色耳夫通衢夷坦而多行捷徑者趨近故也正文明白而常務反言者適俗故也然密會者以意新得巧苟異者以失體成恠舊練之才則執正以馭奇新學

之銳則逐奇而失正勢流不反則文體遂弊秉茲情術可無思耶

贊曰

形生勢成始末相承湍迴似規矢激如繩因利騁節情采自凝枉轡紡學步力止襄謝云當作壽陵

醞藉〔薛廣德傳〕廣德為人溫雅有醞藉〔注〕醞言如醞釀也藉有所薦藉也郛〔說文〕郛郭也〔西京賦〕經城洫營郭郛鬻矛譽盾〔韓子〕客曰人有鬻矛與楯者譽其楯之堅物莫能陷也俄而又譽其矛曰吾矛之利於物無不陷也有應之曰以子之矛陷子之楯何如其人弗能應也欲宗其言〔陸清河集〕與兄平原書往日論文先辭而後情尚潔而不取悅澤嘗憶兄道張公父子論文實欲自得今日便欲宗其言反正〔左傳〕文反正為乏

男　登賢雲門
　　登穀春㽱　校

文心雕龍卷第六

文心雕龍卷第七

北平黄叔琳崑圃輯注

梁劉　勰撰　柘湖張景陽端門

浦南徐顗柔則所　叅訂

情采第三十一

聖賢書辭、總稱文章、非采而何、夫水性虛而淪漪結。木體實而花萼振。文附質也。虎豹無文則鞹同犬羊。犀兕有皮。而色資丹漆。質待文也。若乃綜述性靈。敷寫器象。鏤心鳥跡之中。織辭魚網之上。其爲彪炳縟采名矣故立文之道其理有三一曰形文五色是也二曰聲文五音是也三曰情文五性是也五色雜而成黼黻五音比而成韶夏五情（疑性）發而爲辭章神理之數也孝經垂典喪言不文故知君子常（一作嘗）言未嘗質也老子疾僞故稱美言不信而五千精妙則非棄美矣莊周云辯雕萬物謂藻飾也韓非云豔采辯說謂綺麗也綺麗以豔說藻飾以辯雕文辭之變於斯極矣研味李老則知文質附乎性情詳覽莊韓則見華實過乎淫侈若

篤論

擇源於涇渭之流按轡於邪正之路亦可以馭文
采矣夫鉛黛所以飾容而盼倩生於淑姿文采所
以飾言而辯麗本於情性故情者文之經辭者理
之緯經正而後緯成理定而後辭暢此立文之本
源也昔詩人什篇為情而造文辭人賦頌為文而
造情何以明其然蓋風雅之興志思蓄憤而吟詠
情性以諷其上此爲情而造文也諸子之徒心非
鬱陶苟馳夸飾鬻聲釣世此為文而造情也故為
情者要約而寫眞為文者淫麗而煩濫而後之作

古今文人讀此不汗下者有幾

者採濫忽眞遠棄風雅近師辭賦故體情之製日疎逐文之篇愈盛故有志深軒冕而汎詠皐壤心纏幾務而虛述人外眞宰弗存翩其反矣夫桃李不言而成蹊有實存也男子樹蘭而不芳無其情也夫以草木之微依情待實況乎文章述志爲本言與志反文豈足徵是以聯辭結采將欲明經（汪本作理）采濫辭詭則心理愈翳固知翠綸桂餌反所以失魚言隱榮華殆謂此也是以衣錦褧衣惡文太章賁象窮白貴乎反本夫能設謨（謝云當作模）以位理擬地

以置心心定而後結音理正而後摛藻使文不滅質博不溺心正采耀乎朱藍間色屏於紅紫乃可謂雕琢其章彬彬君子矣

贊曰

言以文遠誠哉斯驗心術既形英華乃贍吳錦好渝舜英徒豔繁采寡情味之必厭

犀兕（左傳）華元答城者謳曰牛則有皮犀兕尚多役人又歌曰縱其有皮丹漆若何　鳥跡見原道篇　魚網（東觀漢記）黄門蔡倫典作上方用樹皮及敝布魚網作紙帝善其能自是莫不用天下咸稱蔡侯紙也　美言不信（老子）信言不美美言不信　五千（老子傳）著書上下篇言道德之意五千餘言　辯雕（莊子）古之王天下若知雖落天地不

自慮也辯雖雕萬物不自說也涇渭詩涇以渭濁湜湜其沚傳涇渭相入而清濁異皐壤莊子山林與皐壤與使我欣欣然而樂與人外宋書隱逸傳孔淳之遇釋法崇因留共止遂停三載法崇歎曰緬想人外三十年矣今乃傾蓋於茲不覺老之將至也眞宰莊子若有眞宰而特不得其朕桃李李廣傳桃李不言下自成蹊樹蘭淮南子男子樹蘭美而不芳翠綸桂餌闕子以桂為餌鍛黃金之鉤錯以銀碧垂翡翠之綸言隱莊子言隱於榮華賁象易賁上九白賁无咎摛藻漢書敘傳摛藻如春華舜英詩有女同行顏如舜英傳舜木槿也其華朝生暮落

鎔裁第三十二

情理設位文采行乎其中剛柔以立本變通以趨時立本有體意或偏長趨時無方辭或繁雜蹊要

所司職在鎔裁隱括情理矯揉文采也規範本體謂之鎔剪截浮詞謂之裁裁則蕪穢不生鎔則綱領昭暢譬繩墨之審分斧斤之斲削矣駢拇枝指由侈於性附贅懸肬實侈於形二意兩出義之駢枝也同辭重句文之肬贅也凡思緒初發辭采苦雜心非權衡勢必輕重是以草創鴻筆先標三準履端於始則設情以位體舉正於中則酌事以取類歸餘於終則撮辭以舉要然後舒華布實獻替疑作質元作賛節文繩墨以外美材既斲故能首尾圓合條

唐宋大家之文兩句道盡

貫統序若術不素定而委心逐辭異端叢至駢贅必多故三準既定次討字句句有可削足見其疎字不得減乃知其密精論要語極略之體游心竄句極繁之體謂繁與略隨分所好引而伸之則兩句敷為一章約以貫之則一章刪成兩句思贍者善敷才覈者善刪善刪者字去而意留善敷者辭殊而意（汪本作義）顯字刪而意闕則短乏而非覈辭敷而言重則蕪穢而非贍昔謝艾王濟西河文士張俊（當作駿）以爲艾繁而不可刪濟略而不可益若二子者

可謂練鎔裁而曉繁略矣。至如士衡才優而綴辭尤繁士龍思劣、而雅好清省、及雲之論機亟恨其多、而稱清新相接、不以為病、蓋崇友于耳、夫美錦製衣脩短有度雖翫其采不倍領袖巧猶難繁況在乎拙而文賦以為榛楛勿剪庸音足曲其識非不鑒乃情苦芟元作忞繁也夫百節成體共資榮衛、萬趣會文不離辭情、若情周而不繁、辭運而不濫非夫鎔裁何以行之乎

贊曰

篇章戶牖、左右相瞰辭如川流溢則氾濫、權衡損益斟酌濃淡芟繁剪穢弛於負擔

駢拇[莊子]駢拇枝指出乎性哉而侈於德附贅縣疣出乎形哉而侈於性謝艾[張重華傳]主簿謝艾兼資文武清新[陸清河集]與兄機書兄文章之高遠絕異不可復稱言然猶皆欲微多但清新相接不以此爲病耳榛楛[陸機文賦]石韞玉而山暉水懷珠而川媚彼榛楛之勿翦亦蒙榮于集翠[注]榛楛喻庸音也以珠玉之句既存故榛楛之辭亦美也庸音[文賦]放庸音以足曲榮衛[內經]榮衛不行五藏不通

聲律第三十三

夫音律所始。本於人聲者也。聲含宮商。肇自血氣。先王因之以制樂歌。故知器寫人聲。聲非學[當作效]器

疊韻二字同在一韻雙聲二字同一字母

者也。故言語者。文章神明。樞機吐納。律呂脣吻而已。古之教歌。先揆以法。使疾呼中宮。徐呼中徵。夫商徵響高。宮羽聲下。抗喉矯舌之差。攢脣激齒之異。廉肉相準。皎然可分。今操琴不調。必知改張。摘文乖張。而不識所調。響在彼絃。乃得克諧。聲萌我心。更失和律。其故何哉。良由內（元作外王改）聽難為聰也。故外聽之易。絃以手定。內聽之難。聲與心紛。可以數求。難以辭逐。凡聲有飛沈。響有雙疊。（二字脫楊云有字下諸本皆遺翁散二字謝云據下文當作雙疊二字）雙聲隔字而每舛。疊韻雜句而必

論聲病詳盡於沈隱侯

睽沈則響發而斷飛則聲颺不還並轆轤交往逆鱗相比迂其際會則往蹇來連其為疾病亦文家之吃也夫吃文為患生於好詭逐新趣異故喉脣糺紛將欲解結務在剛斷左礙而尋右末滯而討前則聲轉於吻玲玲如振玉辭靡於耳纍纍如貫珠矣是以聲畫妍蚩寄在吟詠吟詠滋味流於字元作下商孟和改句氣力孫云氣力上當復有字句二字窮於和韻異音相從謂之和同聲相應謂之韻韻氣一定故餘聲易遣和體抑揚故遺響難契屬筆易巧選和至難綴文難

精而作韻甚易雖纖意一作毫曲變非可縷言然振其大綱不出兹論若夫宮商大和譬諸吹籥翻迴取均頗似調瑟瑟資移柱故有時而乖貳籥含定管故無往而不壹陳思潘岳吹籥之調也陸機左思瑟柱之和也槩舉而推可以類見又詩人綜韻率多清切楚辭辭楚故訛韻實繁及張華論韻謂士衡多楚文賦亦稱知楚不易可謂銜靈均之聲餘失黃鍾之正響也凡切韻之動勢若轉圜訛音之作甚於枘方免乎枘方則無大過矣練才洞鑒剖

字鑽響識疎汪本作疎識闊略隨音所遇若長風之過籟南元作東葉循父改郭之吹竽耳古之佩玉左宮右徵以節其步聲不失序音以律文其可忘哉

贊曰

標情務遠比音則近吹律胸臆調鍾脣吻聲得鹽梅響滑榆槿割棄支離宮商難隱

古之教歌云云見韓子廉肉禮樂記先王制雅頌之聲以導之使其曲直繁瘠廉肉節奏足以感動人之善心而已矣改張董仲舒策譬之琴瑟不調甚者必解而更張之乃可鼓也雙聲疊韻謝莊傳王元謨問莊何者為雙聲何者為疊韻答曰元護為雙聲磝碻為疊韻轆轤詩評單轆轤韻者單出單入兩句換韻雙

轆轤韻者雙出雙入四句換韻

往蹇來連〔易蹇卦六四爻辭〕

吃〔韓非傳〕非為人口吃不能道說而善著書〔注〕吃語難也

纍纍〔禮樂記〕据中矩句中鉤纍纍乎端如貫珠

和韻 楊慎曰東董是和東中是韻

吹籥〔公羊傳去籥注〕籥所吹以節舞也吹籥而舞文樂之長

取均〔楊收傳〕旋宮以七聲為均均之為言韻也

調瑟〔揚子法言〕以往聖人之法治將來譬猶膠柱而調瑟

枘方〔宋玉九辯〕圜鑿而方枘兮吾固知其鉏鋙而難入〔注〕枘刻木耑所以入鑿

吹竽〔韓子〕南郭處士為齊宣王吹竽宣王悅之廩食以數百人湣王立好一一而聽之處士逃

左宮右徵〔禮玉藻〕古之君子必佩玉右徵角左宮羽趨以采齊行以肆夏

調鍾〔揚雄傳〕師曠之調鐘竢知音者之在後也〔注〕晉平公鐘工者以為調矣師曠曰臣竊聽之知其不調也至於師涓而果知鐘之不調是師曠欲善調之鐘為後世之有知音

榆槿〔禮內則〕堇荁枌榆免薨滫瀡以滑之

章句第三十四

夫設情有宅置言有位宅情曰章位言曰句故章
者明也句者局也局言者聯字以分疆明情者揔
義以包體區畛相異而衢路交通矣夫人之立言
因字而生句積句而成章積章而成篇篇之彪炳
章無疵也章之明靡句無玷也句之清英字不妄
也振本而末從知一而萬畢矣夫裁文匠筆篇有
小大離章合句調有緩急隨變適會莫見定準句
司數字待相接以為用章總一義須意窮而成體
其控引情理送迎際會譬舞容迴環而有綴兆之

位歌聲靡曼而有抗墜之節也尋詩人擬喻雖斷章取義然章句在篇如繭之抽緒原始要終體必鱗次啓行之辭逆萌中篇之意絕筆之言追媵（元作勝謝改）前句之旨故能外文綺交内義脉注跗萼相銜首尾一體若辭失其朋（元作明）則羈旅而無友事乖其次則飄寓而不安是以搜句忌於顛倒裁章貴於順序斯固情趣之指歸文筆之同致也若夫筆句無常而字有條數四字密而不促六字格而非緩或變之以三五蓋應機之權節也至於詩頌大體

以四言為正唯祈父肇禋以二言為句尋二言肇
於黃世竹彈之謠是也三言興於虞時元首之詩
是也四言廣於夏年洛汭之歌是也五言見於周
代行露之章是也六言七言雜出詩騷而（疑有脱字）體之
篇成於兩漢情數運周隨時代用矣若乃改韻從
調所以節文辭氣賈誼枚乘兩韻輒易劉歆桓譚
百句不遷亦各有其志也昔魏武論賦嫌於積韻
而善於資代陸雲亦稱四言轉句以四句為佳觀
彼制韻志同枚賈然兩韻輒易則聲韻微躁百句

宋祖謂語助助得甚事亦未就文體論耳

不還。則脣吻告勞。妙才激揚、雖觸思利貞、曷若折之中和、庶保无咎。又詩人以兮字入於句限、楚辭用之、字出句外、尋兮字成句、乃語助餘聲。舜詠南風、用之久矣、而魏武弗好、豈不以無益文義耶。至於夫惟蓋故者、發端之首唱、之而於以者、乃劄句之舊體、乎哉矣也、亦送末之常科、據事似閑、在用實切。巧者迴運。彌縫文體。將令數句之外、得一字之助矣。外字難謬。況章句歟。

贊曰

斷章有檢積句不恒理資配主辭忌失元作告謝改朋環情草孫云當作節調宛轉相騰離合同異以盡厥能明也局也詩關雎疏章者明也總義包體所以明情也句者局也聯字分疆所以局言也區畛蜀都賦瓜疇芋區注區界畔也周禮十夫有溝溝上有畛畛田界綴兆禮樂記行其綴兆要其節奏行列得正焉注綴兆舞位也抗墜禮樂記歌者上如抗下如墜曲如折止如槀木啓行詩小雅元戎十乘以先啓行啓行踰始也跗萼詩小雅鄂不韡韡箋承華者曰鄂不當作拊拊鄂足也疏鄭以爲華下有鄂鄂下有拊由華以覆鄂鄂以承華華鄂相覆而光明猶兄弟相順而榮顯祈父小雅祈父予王之爪牙肇禋周頌肇禋乞用有成維周之禎竹彈謠見通變篇元首虞書帝庸作歌曰股肱喜哉元首起哉百工熙哉皋陶乃賡載歌曰元首明哉股肱良哉庶事康哉按哉為語助以喜起熙明良康為韻是三言也洛汭夏書五子之歌也行露見明詩篇六言七言同上南風同上配主易豐

初九遇其配主

麗辭第三十五

造化賦形。支體必雙。神理爲用。事不孤立。夫心生文辭運裁百慮高下相須自然成對唐虞之世辭未極文而皐陶贊文罪疑惟輕功疑惟重益陳謨云滿招損謙受益豈營麗辭率然對爾易之文繫聖人之妙思也序乾四德則句句相銜龍虎類感則字字相儷乾坤易簡則宛轉相承日月往來則隔行懸合雖句字或殊而偶意一也至於詩人偶章大夫聯辭奇偶適變不勞經營自揚馬張蔡崇盛麗辭如宋畫吳冶（畫元作盡冶元作治朱改）刻形鏤法麗句與深采並流偶意共逸韻俱發至魏晉羣才析句彌密聯字合趣剖（一作割）毫析釐然契機者入巧浮假者無功故麗辭之體凡有四對言對為易事對為難反對為優正對為劣言對者雙比空辭者也事對者並舉人驗者也反對者理殊趣合者也正對者事異義同者也長卿上林賦（元脫補）云修容乎禮園翶翔乎書圃此言對之類也宋玉神女賦云毛嬙鄣

丁卯浣花詩格之卑只為正對多也

重出之病

袂不足程式西施掩面比之無色此事對之類也仲宣登樓云鍾儀幽而楚奏莊舄顯而越吟此反對之類也孟陽七哀云漢祖想枌榆光武思白水此正對之類也凡偶辭胸臆言對所以為易也徵（元作擬一作徵）人之學事對所以為難也幽顯同志反對所以為優也並貴共心正對所以為劣也又以事對各有反正指類而求萬條自昭然矣張華詩稱遊鴈比翼翔歸鴻知接翮劉琨詩言（元在詩字上）宣尼悲獲麟西狩泣孔邱若斯重出即對句之駢枝也是以

不均之病

孤立之病

庸冗之病

言對爲美，貴在精巧，事對所先，務在允當。若兩事相配，而優劣不均，是驥在左驂，駑爲右服也。若夫事或孤立，莫與相偶，是夔之一足，趻踔而行也。若氣無奇類，文乏異采，碌碌麗辭，則昏睡耳目。必使理圓事密，聯璧其章，迭用奇偶，節以雜佩，乃其貴耳。類此而思，理自（汪本作斯）見也。

贊曰：

體植必兩，辭動有配。左提右挈，精味兼載。炳爍聯華，鏡靜含態。玉潤雙流，如彼珩珮。

皋陶贊見虞書大禹謨 益陳謨同上 文繫〔易文言〕元者善之長也亨者嘉之會也利者義之和也貞者事之幹也君子體仁足以長人嘉會足以合禮利物足以和義貞固足以幹事〔又〕同聲相應同氣相求水流濕火就燥雲從龍風從虎〔繫辭〕乾道成男坤道成女乾知大始坤作成物乾以易知坤以簡能易則易知簡則易從易知則有親易從則有功有親則可久有功則可大可久則賢人之德可大則賢人之業〔又〕日往則月來月往則日來日月相推而明生焉寒往則暑來暑往則寒來寒暑相推而歲成焉 宋畫〔莊子〕宋元君將畫圖衆史皆至有一史後至者儃儃然不趨受揖不立因之舍公使人視之則解衣般礴臝君曰可矣是真畫者也

吴冶〔吴越春秋〕越王元常使歐冶子造劍五枚 上林司馬相如字長卿作上林賦 神女宋玉作神女賦

毛嬙〔莊子〕毛嬙麗姬人之所美也 登樓見詮賦篇 楚奏〔左傳〕晉侯觀於軍府見鍾儀問曰南冠而縶者誰也有司對曰鄭人所獻楚囚也使稅之問其族對曰伶人也使與之琴操南音公曰樂操土風不忘舊也 越吟〔陳軫傳〕軫曰越人莊舃仕楚執珪有頃而病楚王曰舃故越之鄙細人也今仕楚執珪富貴矣亦思越不中謝對曰凡人之思故在其病也彼思越則越聲不

思越則楚聲使人徃聽之猶尚越聲也孟陽張載字孟陽本集有七哀詩二首枌榆漢郊祀志高祖詔御史令豐治枌榆社白水東京賦龍飛白水鳳翔參墟注白水謂南陽白水縣世祖初起之處也允當左傳允當得歸夔山海經東海中有流波山上有獸狀如牛蒼身而無角一足趻踔莊子夔謂蚿曰吾以一足趻踔而行予無如矣

男　登賢雲門
　　登穀春畬　校

文心雕龍卷第七

朱子傳詩謂有不取義之興未爲知言

文心雕龍卷第八

北平黃叔琳崑圃輯注
梁劉勰撰　鶴湖曹廷棟六圃
谷陽衞自浚半邨　參訂

比興第三十六

詩文弘奧包韞六義毛公述傳獨標興體豈不以風通（一作異）而賦同比顯而興隱哉故比者附也興者起也附理者切類以指事起情者依微以擬議起情故興體以立附理故比例以生比則畜憤以斥

言興則環譬以記（一作託）諷蓋隨時之義不一故詩人之志有二也觀夫興之託諭婉而成章稱名也小取類也大關雎有別故后妃方德尸鳩貞一故夫人象義義取其貞無從於夷禽德貴其別不嫌於鷙鳥明而未融故發注而後見也且何謂為比蓋寫物以附意颺言以切事者也故金錫以喻明德珪璋以譬秀民螟蛉以類教誨蜩螗以寫號呼澣衣以擬心憂席卷（汪本作卷席）以方志固凡斯切象皆比義也至如麻衣如雪兩驂如舞若斯之類皆比類

非特興義銷亡即比體亦與三百篇中之比差別大抵是賦中之比循聲逐影擬諸形容而已無如鶴鳴之陳誨鴟鴞之諷諭也

者也楚襄信讒而三閭忠烈依詩製騷諷兼比興炎漢雖盛而辭人夸毗詩刺道喪故興義銷亡於是賦頌先鳴故比體雲構紛紜雜遝信舊章矣夫比之為義取類不常或喻於聲或方於貌或擬於心或譬於事宋玉高唐云纖條悲鳴聲似竽籟此比聲之類也枚乘菟園云猋猋紛紛若塵埃之間白雲此則比貌之類也賈生鵩賦云禍之與福何異糾纆此以物比理者也王褒洞簫云優柔溫潤如慈父之畜子也此以聲比心者也馬融長笛云

繁縟絡繹、范蔡之說也、此以響比辯者也、張衡南都云、起鄭舞蠒曳（元作蠒抽按本賦改）緒、此以容比物者也、若斯之類、辭賦所先、日用乎比、月忘乎興、習小而棄大、所以文謝於周人也、至於揚班之倫、曹劉以下、圖狀山川、影寫雲物、莫不纖（疑作織）綜比義、以敷其華、驚聽回視、資此効績、又安仁螢賦云、流金在沙、季鷹雜詩云、青條若總翠、皆其義者也、故比類雖繁、以切至為貴、若刻鵠（元作鶴謝改）類鶩、則無所取焉、

贊曰

詩人比興觸物圓覽物。雖胡越合則肝膽擬容取心。斷辭必敢攢雜詠歌如川之換、

六義見明詩篇毛公〔漢藝文志〕毛詩故訓傳三十卷毛公之學自謂子夏所傳關雎〔詩小序〕關雎后妃之德也尸鳩〔詩小序〕鵲巢夫人之德也國君積行累功以致爵位夫人起家而居有之德如鳲鳩乃可以配焉鷙鳥〔詩傳〕雎鳩王雎也摯而有別〔注〕摯本亦作鷙金錫見衛風淇澳篇珪璋見大雅卷阿篇螟蛉見小雅小宛篇〔揚子法言〕螟蛉之子殪而逢蜾蠃祝之曰類我類我久則肖之矣蜩螗見大雅蕩之篇澣衣見邶風柏舟篇席卷同上如雪見曹風蜉蝣篇如舞見鄭風叔于田篇夸毗見大雅板之篇優柔溫潤〔王褒洞簫賦〕聽其巨音則周流氾濫并包吐含若慈父之畜子也〔又云〕優柔溫潤又似君子安仁螢賦〔潘岳螢火賦〕飄飄頻頻若流金之在沙岳字安仁季鷹雜詩〔張翰雜詩〕青條若總翠翰字季鷹刻鵠類鶩〔馬援

與兄子書教伯高不得猶為謹厚之士所謂刻鵠不成尚類鶩者也胡越〔孔叢子〕胡越之人同舟濟江中流遇風波其相救如左右手肝膽〔莊子〕自其異者視之肝膽楚越也必敢〔李斯傳〕趙高曰顧小而忘大後必有害狐疑猶豫後必有悔斷而敢行鬼神避之後有成功

夸飾第三十七

夫形而上者謂之道形而下者謂之器神道難摹。精言不能追其極。形器易寫。壯辭可得喻其眞。才非短長理自難易耳故自天地以降豫入聲貌文辭所被夸飾恒存雖詩書雅言風格訓世事必宜廣文亦過焉是以言峻則嵩高極天。論狹則河不容舠說多則子孫千億稱少則民靡孑遺襄陵舉滔天之目倒戈立漂杵之論辭雖已甚其義無害也且夫鴞音之醜豈有泮林而變好荼味之苦寧以周原而成飴並意深襃讚故義成矯飾大聖所録以垂憲章孟軻所云說詩者不以文害辭不以辭害意也自宋玉景差夸飾始盛相如憑風詭濫愈甚故上林之館奔星與宛虹入軒從禽之盛飛廉與鷦鷯（按本賦作焦明）俱獲及揚雄甘泉酌其餘波語瓌奇則假珍於玉樹言峻極則顛墜於鬼神至東都

昌黎詩句多如此

之比目。西京之海若。驗理則理無不驗。窮飾則飾猶未窮矣。又子雲羽（一作校）獵。鞭宓妃以饟屈原。張衡羽獵。困玄冥於朔野。孌彼洛神。既非罔兩。惟此水師。亦非魑魅。而虛用濫形。不其疎乎。此欲夸其威而飾（元脫）其（下有闕字）事義睽剌也。至如氣貌山海。體勢宮殿。嵯峨揭業。熠爚焜煌之狀。光采煒煒而欲然。聲貌岌岌其將動矣。莫不因夸以成狀。沿飾而得奇也。於是後進之才。獎氣挾聲。軒翥而欲奮飛。騰擲而羞跼步。辭入煒燁。春藻不能程其豔。言在萎絕寒谷未足成其凋談歡則字與笑並論慼則聲共泣偕信可以發蘊而飛滯披瞽而駭聾矣然飾窮其要則心聲鋒起夸過其理則名實兩乖若能酌詩書之曠旨翦揚馬之甚泰使夸而有節飾而不誣亦可謂之懿也

贊曰

夸飾在用文豈循檢言必鵬運氣靡鴻漸倒海探珠傾崑取琰曠而不溢奢而無玷

嵩高〔大雅〕嵩高維嶽峻極于天容舠〔國風〕誰謂河廣曾不容刀千億〔大雅〕干祿百福子孫千億子遺

〔小雅〕周餘黎民靡有孑遺滔天〔堯典〕湯湯洪水方割蕩蕩懷山襄陵浩浩滔天戈漂〔武成〕前徒倒戈攻其後以北血流漂

杵鴞音〔魯頌〕翩彼飛鴞集于泮林食我桑黮懷我好音荼味〔大雅〕周原膴膴堇荼如飴景差〔風賦〕楚襄

王遊於蘭臺之宮宋玉景差侍〔注〕宋玉景差楚大夫奔星宛虹〔上林賦〕奔星更於閨闥宛虹拖於楯軒飛廉

焦明〔上林賦〕徑峻赴險越壑厲水椎飛廉弄獬豸〔注〕飛廉龍雀也鳥身鹿頭又捷鵷鶵揜焦明〔注〕焦明似鳳西方之鳥也玉

樹〔揚雄甘泉賦〕翠玉樹之青葱兮〔注〕漢武故事曰上起神屋前庭植玉樹珊瑚為枝碧玉為葉鬼神〔甘泉賦〕鬼魅不能自

逮兮半長途而下顛〔注〕言鬼魅至此亦不能上至半途而顛墜也比目〔西都賦〕投文竿出比目〔注〕東方有比目魚不比不行海

若〔西京賦〕海若游于元渚〔注〕海若海神也宓妃〔揚雄羽獵賦〕鞭洛水之宓妃餉屈原於彭胥〔漢書音義〕宓妃宓羲氏之女溺死

洛水為神元冥〔左傳〕昧為元冥師〔注〕元冥水官昧為水官之長又共工氏以水紀故為水師而水名按張衡羽獵賦文不全無因元

冥於朔野之語魑魅〔左傳〕魑魅罔兩莫能逢之〔注〕魑山神魅恠物罔兩水神嵯峨揭業〔西京賦〕嵯峨崼業〔上

林賦）峣峨嶕嶫（魯靈光殿賦）飛陛揭孽寒谷（劉向別錄）鄒衍在燕有谷寒不生五穀鄒子吹律而温至生黍也鵬運（莊子）北冥有魚其名為鯤化而為鳥其名為鵬海運則將徙於南冥鴻漸易漸卦文

事類第三十八

事類者蓋文章之外据事以類義援古以證今者也昔文王繇易剖判爻位既濟九三遠引高宗之伐明夷六五近書箕子之貞斯略舉人事以徵義者也至若胤征羲和陳政典之訓盤庚誥民敘遲任之言此全引成辭以明理者也然則明理引乎成辭徵義舉乎人事迺聖賢之鴻謨經籍之通矩

也大畜之象君子以多識前言往行亦有包於文矣觀夫屈宋屬篇號依詩人雖引古事而莫取舊辭唯賈誼鵩賦始用鶡冠之説相如上林撮引李斯之書此萬分之一會也及揚雄百（元作六）官箴頗酌於詩書劉歆遂初賦歷敘於紀傳漸漸綜採矣至於崔班張蔡遂捃摭經史華實布濩因書立功皆後人之範式也夫薑桂同地辛在本性文章由學能在天資才自内發學以外成有學飽而才餒有才富而學貧學貧者迍邅於事義才餒者劬勞於

才禀天授非人力所能為故以下專論博學

辭情。此內外之殊分（御覽作方）也。是以屬意立文。心與筆謀。才為盟主。學為輔佐。主佐合德。文采必霸。才學褊狹。雖美少功。夫以子雲之才。而自奏不學。及觀書石室。乃成鴻采、表裏相資、古今一也、故魏武稱張子之文為拙、然學問膚淺、所見不博、專拾掇崔杜小文、所作不可悉難、難便不知所出、斯則寡聞之病也、夫經典沉深、載籍浩瀚、實羣言之奧區、而才思之神皐也、揚班以下、莫不取資、任力耕耨、縱意漁獵、操刀能割、必列（汪作裂）膏腴、是以將贍才力。務

徒博而校練不精其取事据理不能約覈無當也吾見其人矣

在博見狐腋非一皮能溫雞蹠必數千而飽矣是以綜學在博取事貴約校練務精据理一作摭須覈衆美輻輳表裏發揮劉劭趙都賦云公子之客叱勁楚令歃盟管庫隸臣呵強秦使鼓缶用事如斯可謂理得而義要矣故事得其要雖小成績譬寸轄制輪尺樞運關也或微言美事置於閑散是綴金翠於足脛靚粉黛於胸臆也凡用舊合機不啻自其口出引事乖謬雖千載而為瑕陳思羣才之英也報孔璋書云葛天氏之樂千人唱萬人和聽者

因以茂韶夏矣、此引事之實謬也、按葛天之歌唱和三人而已、相如上林云、奏陶唐之舞、聽葛天之歌、千人唱、萬人和、唱和千萬人、乃相如接人、疑當作推之二字然而濫侈葛天、推三成萬者、信賦妄書、致斯謬也、陸機園葵詩云、庇足同一智、生理合異端、夫葵能衛足、事譏鮑莊、葛藟庇根、辭自樂豫、若譬葛為葵、則引事為謬、若謂庇勝衛、則改事失眞、斯又不精之患、夫以子建明練、士衡沈密、而不免於謬、曹仁之謬高唐、又曷足以嘲哉、夫山木為良匠所度、經書為文士所擇，木美而定於斧斤，事美而制於刀筆，研思之士，無慚匠石矣。

贊曰

經籍深富，辭理遐亘，皜如江海，鬱若崑鄧，文梓共採，瓊珠交贈，用人若已，古來無懵。

高宗（易既濟九三高宗伐鬼方三年克之）箕子（易明夷六五箕子之明夷利貞）政典（夏書政典曰先時者殺無赦不及時者殺無赦）遲任（盤庚遲任有言曰人惟求舊器非求舊惟新）鶡冠（漢藝文志鶡冠子一篇注楚人居深山以鶡為冠按賈誼鵩鳥賦中多用鶡冠子語）引李斯書（李斯諫逐客書建翠鳳之旗樹靈鼉之鼓司馬相如上林賦建翠華之旗樹靈鼉之鼓）百官（揚雄有百官箴）遂初（劉歆集有遂初賦按賦中感往寓意皆紀傳中事）捃摭（漢藝

文志据摭遺逸〔注〕据摭謂拾取之

布濩〔東京賦〕聲教布濩〔注〕布濩猶散被也

自奏不學〔揚雄答劉歆書〕雄為郎之歲自奏少不得學而心好沈博絕麗之文願不受三歲之奉且休脫直事之繇得肆心廣意以自克就有詔可不奪奉令尚書賜筆墨錢六萬得觀書於石渠

狐腋〔商君傳〕千羊之皮不如一狐之腋

雞蹠〔淮南子〕善學者若齊王之食雞必食其蹠數千而後足

劉劭〔魏志〕劉劭字孔才嘗作趙都賦明帝美之

歃盟毛遂事見祝盟篇

管庫隸臣〔檀弓〕所舉於晉國管庫之士七十有餘家〔左傳〕與臣隸隸臣僚〔注〕隸謂隸屬於吏也

鼓缶〔藺相如傳〕趙王與秦王會澠池秦王酒酣令趙王鼓瑟藺相如奉盆缻秦王以相娛樂秦王不肯擊缻相如曰五步之內相如請得以頸血濺大王矣於是秦王不懌為一擊缻〔風俗通義〕缶者瓦器所以盛酒秦人鼓之以節歌也按相如本宦者繆賢舍人故云管庫隸臣

寸轄〔淮南子〕夫車之所以能轉千里者以其要在三寸之轄

運關〔文子〕五寸之關能制開闔所居要也

衛足〔左傳〕齊刖鮑牽孔子曰鮑莊子之智不如葵葵猶能衛其足

庇根〔左傳〕宋昭公將去羣公子樂豫曰不可公族公室之枝葉也若去之則本根無所庇蔭矣葛藟猶能庇其本根故君子

以爲比況國君乎山木左傳山有木工則度之匠石莊子匠石之齊見櫟社樹匠石不顧曰此不材之木也嵇康琴賦匠石奮斤文梓吳越春秋越王使木工伐木天生神木一雙陽爲文梓陰爲楩楠無慒左傳不與於會亦無曹焉注曹悶也曹與慒同

練字第三十九

夫文象列而結繩移、鳥跡明而書契作、斯乃言語之體貌、而文章之宅宇也、蒼頡造之、鬼哭粟飛、黃帝用之、官治民察、先王聲教、書必同文、輶軒之使、紀言殊俗、所以一字體、揔異音、周禮保章氏掌教六書、秦滅舊章、以吏爲師、及李斯刪籒而秦篆興程邈造隸而古文廢、漢初草律、明著厥法、太史學童教試六體、又吏民上書字謬輒劾、是以馬字缺畫而石建懼死、雖云性慎、亦時重文也。至孝武之世、則相如譔篇、及宣成二帝、徵集小學、張敞以正讀傳業、揚雄以奇字纂訓、並貫練雅頌、摠閱音義鴻（元作鳴朱改）筆之徒、莫不洞曉、且多賦京苑、假借形聲是以前漢小學、率多瑋字。非獨制異、乃共曉難也。暨乎後漢。小學轉疎。複文隱訓。臧否太半。及魏代綴藻。則字有常檢。追觀漢作。翻成阻奧。故陳思稱

六經之文有三尺童子習知者有師儒宿老所未習者豈有一定之難易哉緣於世所共曉與共廢耳

揚馬之作趣幽旨深讀者非師傳不能析其辭非博學不能綜其理豈直才懸抑亦字隱自晉來用字率從簡易時並習易人誰取難今一字詭異則羣句震驚三人弗識則將成字妖矣後世所同曉者雖難斯易時所共廢雖易斯難趣舍之間不可不察夫爾雅者孔徒之所纂(元作慕許改)而詩書之襟帶也倉頡者李斯之所輯而鳥籀之遺體也雅以淵源詁訓頡以苑囿奇文異體相資如左右肩股該舊而知新亦可以屬文若夫義訓古今興廢殊用

字形單複，妍媸異體。心既託聲於言，言亦寄形於字，諷誦則績在宮商，臨文則能歸字形矣。是以綴字屬篇，必須練擇：一避詭異，二省聯邊，三權重出，元作幽欽愚公改四調單複。詭異者，字體瓌怪者也。曹攄詩稱：豈不願斯遊，褊心惡哅呶。兩字詭異，大疵美篇，況乃過此，其可觀乎？聯邊者，半字同文者也。狀貌山川，古今咸用，施於常文，則齟齬元作鉏鋙朱改為瑕，如不獲免，可至三接，三接之外，其字林乎！重出者，同字相犯者也。詩騷元作驗適會，而近世忌同，若兩字俱要，則寧在相犯、故善爲文者富於萬篇貧於一字一字非少相避爲難也單複者、字形肥瘠者也、瘠字累句則纖疎而行劣肥字積文則黯黕元作黕朱改而篇闇善酌字者參伍單複磊落如珠矣凡此四條、雖文不必有、而體例不無、若值而莫悟、則非精解、至於經典隱曖、方冊紛綸、簡蠹帛裂、三寫易字、或以音訛、或以文變、子思弟子、於穆不祀者、音訛之異也、晉之史記、三豕渡河、文變之謬也、尚書大傳、有別風淮雨、帝王世紀云、列風淫雨、別列淮淫、字似潛移、淫列義當而不奇、淮別理乖而新異、傅毅制誄、已用淮雨、固知愛奇之心、古今一也、史之闕文聖人所慎、若依義棄奇、則可與正文字矣、

贊曰

篆隸相鎔、蒼雅品訓、古今殊跡、妍媸異分、字靡異流、文阻難運、聲畫昭精、墨采騰奮、

鬼哭粟飛〔淮南子〕昔者蒼頡作書而天雨粟鬼夜哭官治民察見徵聖篇象夬注輶軒〔風俗通〕周秦常以歲八月輶軒使採異代方言藏之秘府六書〔周禮〕保氏教國子六藝五曰六書〔注〕象形會意轉注指事假借諧聲吏師〔秦始皇本紀〕若欲有學法令以吏為師刪籀造隸〔漢藝文志〕蒼頡七章秦丞相李斯所

作也文字多取史籀篇而篆體復頗異所謂秦篆者也是時始造隸書矣起於官獄多事苟趨省易施之於徒隸也**六體**〔漢藝文志〕漢興蕭何草律亦著其法曰太史試學童能諷書九千字以上乃得為史又以六體試之課最者以為尚書御史史書令史吏民上書字或不正輒舉劾六體者古文奇字篆書隸書繆篆蟲書〔注〕篆書謂小篆蓋秦始皇使程邈所作也隸書亦程邈所獻

馬字缺畫〔萬石君傳〕長子建為郎中令奏事下建讀之驚恐曰書馬者與尾而五今廼四不足一獲譴死矣其為謹慎雖他皆如是

相如譔篇〔漢藝文志〕武帝時司馬相如作凡將篇無復字

張敞傳業〔漢藝文志〕蒼頡多古字俗師失其讀宣帝時徵齊人能正讀者張敞從受之傳至外孫之子杜林為作訓故〔杜鄴傳〕鄴少孤其母張敞女鄴壯從敞子吉學問得其家書吉子竦又幼孤從鄴學問亦著於世尤長小學鄴子林清靜好古亦有雅材其正文字過於鄴竦故世言小學者由杜公

揚雄纂訓〔漢藝文志〕元始中徵天下通小學者以百數各令記字於庭中揚雄取其有用者以作訓纂篇

太半〔東京賦注〕凡數三分有二為太半

孔徒〔西京雜記〕郭威以為爾雅周公所制余嘗以問揚子雲子雲曰孔子門徒游夏之儔所記以解釋六藝者也

三接之外按三接者如張景陽雜詩洪潦浩方割沈休文和謝宣城詩刷

陸平原云一篇之警策其秀之謂乎

羽汎清源之類三接之外則曹子建雜詩縞縞何繽紛陸士衡日出東南隅行璠瑀結瑶璠五字而聯邊者四宜有字林之譏也若賦則更有十接二十接不止者矣　黯黮（劉向九歎）望舊邦之黯黮兮注黯黮暗也　三寫（抱朴子）書三寫魚成魯虛成虎　三豕（家語）子夏見讀史志者云晉師伐秦三豕渡河子夏曰非也己亥耳讀者問諸晉史果曰己亥

隱秀第四十

夫心術之動遠矣文情之變深矣源奧而派生根盛而穎峻是以文之英蕤有秀有隱隱也者文外之重旨者也秀也者篇中之獨拔者也隱以複意為工秀以卓絕為巧斯乃舊章之懿績才情之嘉會也夫隱之為體義主汪作生文外秘響傍通伏采潛

發。譬爻象之變互（元作玄王改）體。川瀆之韞珠玉也。故互體變爻，而化成四象；珠玉潛水，而瀾表方圓。始正而末奇，內明而外潤，使翫之者無窮，味之者不厭矣。彼波起辭間，是謂之秀。纖手麗音（纖麗字闕）宛乎逸態，若遠山之浮烟靄，孌女之靚容華。然煙靄天成，不勞於妝點；容華格定，無待於裁鎔；深淺而各奇，⿰女農（字典無⿰女農字應是穠字之誤）纖而俱妙，若揮之則有餘，而攬之則不足矣。夫立意之士，務欲造奇，每馳心於玄默之表；工辭之人，必欲臻美，恒溺思於佳麗之鄉。嘔心吐膽不足語窮、煅歲煉年、奚能喻苦、故能藏穎詞間、昏迷於庸目、露鋒文外、驚絕乎妙心、使醞藉者蓄隱而意愉、英銳者抱秀而心悅、譬諸裁雲製霞不讓乎天工、斲卉刻葩、有同乎神匠矣、若篇中乏隱、等宿儒之無學、或一叩而語窮、句間鮮秀、如巨室之少珍、（馮本有此二字）若百詰（詰字闕）而色沮、斯並不足於才思、而亦有媿於文辭矣、將欲徵隱、聊可指篇、古詩之離別、樂府之長城、詞怨旨深、而復兼乎比興、陳思之黄雀、公幹之青松、格剛才勁、而並長於諷諭、叔夜之（闕二字）嗣宗之（闕二字）境玄思澹、而獨得乎優閑、士衡之（闕二字）彭澤之（闕二字以上四句功甫本闕八字一本增入疎放豪逸四字）心密語澄、而俱適乎（下闕二字一本有壯采二字）如欲辨秀、亦惟摘句、常恐秋節至、涼飈奪炎、熱意悽而詞婉、此匹婦之無聊也、臨河濯長纓、念子悵悠悠、志高而言壯、此丈夫之不遂也、東西安所之、徘徊以旁皇、心孤而情懼、此閨房之悲極也、朔風動秋草、邊馬有歸心、氣寒而事傷、此羈旅之怨曲也、凡文集勝篇、不盈十一、篇章秀句、裁可百二、並思合而自逢。非研慮之所求（元作果謝）

改也。或有晦塞為深。雖奧非隱。雕削取巧。雖美非秀。矣。故自然會妙。譬卉木之耀英華。潤色取美。譬繒帛之染朱綠。朱綠染繒。深而繁鮮。英華曜樹。淺而煒燁。秀句所以照文苑。蓋以此也。

贊曰

深文隱蔚。餘味曲包。辭生互體。有似變爻。言之秀矣。萬慮一交。動心驚耳。逸響笙匏

互體（左傳杜氏注易之為書六爻皆有變體又有互體聖人隨其義而論之疏二至四三至五兩體交互各成一卦先儒謂之互體聖人隨其義而論之或取互體言其取義無常也）瀾表方圓（尸子水圓折者有珠方折者有玉）古詩離

别（古詩十九首行行重行行與君生别離）樂府長城（樂府古辭有飲馬長城窟行長城蒙恬所築也言征之客至長城而飲其馬婦思之故為長城窟行）黃雀（陳思王有野田黃雀行）青松（劉公幹詩亭亭山上松）彭澤（陶潛傳潛字淵明或云元亮為鎮軍建威參軍後為彭澤令）

隱秀篇自始正而末奇至朔風動秋草朔字元至正乙未刻於嘉禾者即闕此葉此後諸刻仍之胡孝轅朱鬱儀皆不見完書錢功甫得阮華山宋槧本鈔補後歸虞山而傳録於外甚少康熙庚辰何心友從吳興賈人得一舊本適有鈔補隱秀篇全文辛巳義門過隱湖從汲古閣架上見馮已蒼所傳功甫本記其闕字以歸如陳放豪逸四字顯然為不學者以意增加也

男　登賢雲門

登穀春畬　校

文心雕龍卷第八

文心雕龍卷第九

北平黄叔琳崑圃輯注

梁劉　勰撰　　潭東徐南滇玉臺
　　　　　　　通波陳尚學我田　參訂

指瑕第四十一

管仲有言無翼而飛者聲也無根而固者情也然則聲不假翼其飛甚易情不待根其固匪難以之垂文可不慎歟古來文才異世爭驅或逸才以爽迅或精思以纖密而慮動難圓鮮無瑕病陳思之

文羣才之俊也、而武帝誄云、尊靈永蟄、明帝頌云、聖體浮輕、浮輕有似於胡蝶、永蟄頗疑於昆蟲、施之尊極、豈其當乎、左思七諷、說孝而不從、反道若斯、餘不足觀矣、潘岳爲才、善於哀文、然悲內兄、則云感口澤、傷弱子、則云心如疑禮、文在尊極、而施之下流、辭雖足哀、義斯替矣、若夫君子擬人、必於其倫、而崔瑗之誄李公、比行於黃虞、向秀之賦嵇生、方罪於李斯、與其失也、雖寧僭元作降孫改無濫、然高厚之詩、不類甚矣、凡巧言易標、拙辭難隱、斯言之玷實深白圭繁例難載故略舉四條若夫立文之道惟字與義字以訓正義以理宣而晉末篇章依希其旨始有賞際奇至之言終無撫叩酬即（謝云當作酢）之語每單舉一字指以為情夫賞訓錫賚豈關心解撫訓執握何預情理雅頌未聞漢魏莫用懸領似如可辯課文了不成義斯實情訛之所變文澆之致弊而宋來才英未之或改舊染成俗非一朝也近代辭人率多猜忌至乃比語求蚩反音取瑕雖不屑於古而有擇於今焉又製同他文理宜刪

嘗疑韓昌黎云惟古於詞必己出降而不能乃剽賊後皆指前公相襲所謂必己出者將如何必非杜撰之比也然不杜撰恐又入於相襲矣昌黎謂樊紹述之文為文從字順果可信乎

華若排（疑作採）人美辭以為己力、寶玉大弓。終非其有。全寫則揭篋。傍采則探囊。然世遠者太輕、時同者為尤矣、若夫注解為書、所以明正事理、然謬於研求、或率意而斷、西京賦稱中黃育獲之疇、而薛綜謬注謂之閹尹、是不聞執雕虎之人也、又周禮井賦舊有疋馬、而應劭釋疋、或量首數蹄、斯豈辯物之要哉、原夫古之正名、車兩而馬疋、疋（元脫楊補）兩稱目、以並耦為用、蓋車貳佐乘、馬儷驂服、服乘不隻、故名號必雙、名號一正、則雖單為疋矣、疋夫疋婦、亦配義矣、夫車馬小義而歷代莫悟、辭賦近事而千里致差、況鑽灼經典、能不謬哉、夫辯言一作疋而數筌一作首蹄、選勇而驅閹尹、失理太甚、故舉以爲戒、丹青初炳而後渝、文章歲久而彌光、若能隱括於一朝、可以無慚於千載也

贊曰

羿氏舛射、東野敗駕、雖有儁才、謬則多謝、斯言一玷、千載弗化、令章靡疚、亦善之亞、

管仲言（管子戒篇）管仲復於桓公曰無翼而飛者聲也無根而固者情也

陳思（陳思王集武帝誄）幽闥一扃尊

靈永蟄〔冬至獻襪頌〕翱翔萬域聖體浮輕爾**口澤**〔禮玉藻〕父沒而不能讀父之書手澤存焉爾母沒而杯圈不能飲焉口澤之氣存焉

爾**如疑**〔檀弓〕孔子觀送葬者曰善哉為喪乎其往也如慕其反也如疑〔潘岳金鹿哀辭〕將反如疑回首長顧金鹿岳幼子也

方罪李斯〔向秀傳〕嵇康被誅秀作思舊賦云昔李斯之受罪兮歎黃犬而長吟悼嵇生之永辭兮顧日影而彈琴

寧僭無濫〔左傳〕鄭子家曰歸生聞之善為國者賞不僭而刑不濫賞僭則懼及淫人刑濫則懼及善人若不幸而過寧僭無濫

不類〔左傳〕晉侯與諸侯宴于溫使諸大夫舞曰歌詩必類齊高厚之詩不類

寶玉大弓〔春秋〕盜竊寶玉大弓〔左傳杜氏注〕盜謂陽虎也寶玉夏后氏之璜大弓封父之繁弱

胠篋探囊〔莊子〕將為胠篋探囊發匱之盜而為守備則必攝緘縢固扃鐍此世俗之所謂知也

中黄育獲〔李善文選注〕尸子曰中黄伯曰余左執太行之獶而右搏雕虎〔戰國策〕范雎說秦王曰烏獲之力焉而死夏育之勇焉而死

井賦疋馬〔周禮小司徒〕經土地而井牧其田野〔注〕井十為通通為匹馬〔疏〕三十家出馬一匹

應劭釋疋〔應劭風俗通〕或曰馬夜行目明照前四丈故曰疋或曰度馬縱橫適

得一疋〔漢食貨志〕布帛長四丈為匹　車貳佐乘〔禮少儀〕乘貳車則式佐車則否〔注〕貳車朝祀之副車也佐車戎獵之副車也又貳車者諸侯七乘云云　馬儷〔詩大雅〕叔于田兩驂如舞兩服上襄　雖單為疋〔左傳〕匹夫無罪〔注〕正義曰士大夫以上則有妾媵庶人惟夫妻相匹其名既定雖單亦通故韋昭通謂之匹夫匹婦也按易中孚象曰馬匹亡謂四與初絕如馬之亡其匹也可證訓疋之義正與匹夫匹婦一例　配義〔爾雅釋詁〕匹合也〔疏〕匹者配合也　羿氏舛射〔帝王世紀〕帝羿有窮氏與吳賀北游賀使羿射雀左目誤中右目羿抑首而媿終身不思　敗駕〔莊子〕東野稷以御見莊公進退中繩左右旋中規莊公以為文弗過也使之鉤百而反顏闔遇之入見曰稷之馬將敗公密而不應少焉果敗而反公曰子何以知之曰其馬力竭矣而猶求焉故曰敗　多謝〔郭象莊子注〕不可多謝堯舜而推之為兄也

養氣第四十二

昔王充著述制養氣之篇驗已而作豈虛造哉夫

耳目鼻口生之役也心慮言辭神之用也率志委
和則理融而情暢鑽礪過分則神疲而氣衰此性
情之數也夫三皇辭質心絶於道華帝世始文言
貴於敷奏三代春秋雖沿世彌縟並適分胸臆非
牽課才外也戰代枝詐攻奇飾說漢世迄今辭務
日新爭光鬻采慮亦竭矣故淳言以比澆辭文質
懸乎千載率志以方竭情勞逸差於萬里古人所
以餘裕後進所以莫遑也凡童少鑒淺而志盛長
艾識堅而氣衰志盛者思銳以勝勞氣衰者慮密

學宜苦而行文須樂

以傷神斯實中人之常資歲時之大較也若夫器分有限智用無涯或慚鳧企鶴瀝辭鐫思於是精氣內銷有似尾閭之波神志外傷同乎牛山之木怛惕之盛（一作成）疾亦可推矣至如仲任置硯以綜述叔（元作敬孫無撓改）通懷筆以專業既暄之以歲序又煎之以日時是以曹公懼為文之傷命陸雲歎用思之困神非虛談也夫學業在勤功庸弗怠故有錐股自厲和熊以苦之人志於文也則申寫鬱滯故宜從容率情優柔適會若銷鑠精膽蹙迫和氣秉牘

以驅齡灑翰以伐性豈聖賢之素心會文之直理哉且夫思有利鈍時有通塞沐則心覆且或反常神之方昏再三愈黷是以吐納文藝務在節宣清和其心調暢其氣煩而即捨勿使壅滯意得則舒懷以命筆理伏則投筆以卷懷逍遥以針勞談笑以藥勌常弄閑於才鋒賈餘於文勇使刃發如新湊理無滯雖非胎息之邁術斯亦衛氣之一方也

贊曰

紛哉萬象勞矣千想玄神宜寶素氣資養水停以

鑒。火靜而朗。無擾文慮。鬱此精爽。

養氣（王充論衡自紀篇）章和二年罷州家居年漸七十乃作養性之書凡十六篇養氣自守適食則酒閉明塞聰愛精自保適輔服藥引導庶冀性命可延斯須不老

長艾（曲禮）五十曰艾

鶱鳧企鶴（莊子）鳧脛雖短續之則憂鶴脛雖長斷之則悲

尾閭（莊子）北海若曰天下之水莫大於海萬川歸之不知何時止而不盈尾閭泄之不知何時已而不虛（注）尾閭海東川名

置硯（謝承後漢書）王充於宅內門户牆柱各置筆硯簡牘見事而作著論衡

懷筆（曹褒傳）褒字叔通博雅疏通常憾朝廷制度未備慕叔孫通為漢禮儀晝夜研精沉吟專思寢則懷抱筆札行則誦習文書當其念至忘所之適

用思困神（陸雲與兄平原書）兄文章已自行天下多少無所在且用思困人亦不事

錐股（戰國策）蘇秦乃發書陳篋數十得太公陰符伏而誦之讀書欲睡引錐自刺其股

驅齡伐性（王充效力篇）秦武王與孟說舉鼎不任絕脈而死少文之人與董仲舒等涌胸中之思必將不任有絕脈之變王莽之時省五經章句皆為二十萬博士弟子郭路夜定舊說死於燭下精思不任絕脈氣滅也

心覆（左傳）晉侯之豎頭須求見公辭焉以沐謂僕人曰沐則心覆心覆則圖反宜吾不得見也僕人以告公遽見之節宣（左傳）節宣其氣賈餘（左傳）齊高固曰欲勇者賈余餘勇腠理（呂氏春秋）伊尹曰用新去陳腠理遂通高誘曰腠理肌脉也胎息（漢武內傳）王真習閉氣而吞之名曰胎息行之斷穀二百餘年肉色光美力並數人（抱朴子）胎息者能以鼻口噓吸如在胎之中（宋史藝文志）有臥龍隱者胎息歌一卷水停（莊子）水靜則明燭須眉精爽（左傳）心之精爽是謂魂魄

附會第四十三

何謂附會。謂總文理。統首尾。定與奪。合涯際。彌綸一篇。使雜而不越者也。若築室之須基構。裁衣之待縫緝矣。夫才量學文。宜正體製。必以情志為神明。事義為骨髓。辭采為肌膚。宮商為聲氣。然後品藻玄黃，摛振金玉，獻可替否，以裁厥中，斯綴思之恒數也。凡大體文章、類多枝派，整派者依源、理枝者循幹。是以附辭會義，務總綱領，驅萬塗於同歸、貞百慮於一致、使衆理雖繁、而無倒置之乖、羣言雖多、而無棼絲之亂、扶陽而出條。順陰而藏跡。首尾周密。表裏一體。此附會之術也。夫畫者謹髮而易貌，射者儀毫而失墻，銳精細巧，必疏體統。故宜詘寸以信尺，枉尺以直尋，棄偏善之巧，學具美之績，此命篇之經略也。夫文變多（汪作無）方，意見浮雜，約則義孤博則辭叛率故多尤需為事賊且才分不同思緒各異或製首以通尾或尺（一作片）接以寸附然通製者蓋寡接附者甚衆若統緒失宗辭味必亂義脉不流則偏枯文體夫能懸識湊理然後節文（一作文節）自會如膠之粘木豆之合黃矣是以駟牡異力而六轡如琴並駕齊驅而一轂統輻馭文之法有似於此去留隨心脩短在手齊其步驟總轡而已故善附者異旨如肝膽拙會者同音如胡越改章難於造篇易字艱於代句此已然之驗也昔張湯

擬奏而再却，虞松草表而屢譴，並理事之不明，而詞旨之失調也。及倪寬更草，鍾會易字，而漢武歎奇，晉景稱善者，乃理得而事明，心敏而辭當也。以此而觀，則知附會巧拙，相去遠哉。若夫絕筆斷章，譬乘舟之振楫；會詞切理，如引轡以揮鞭。克終底績，寄深寫遠。若首唱榮華，而媵句憔悴，則遺勢鬱湮，餘風不暢。此周易所謂臀無膚，其行次且也。惟首尾相援，則附會之體，固亦無以加于此矣。

贊曰

篇統間關、情數稠疊、原始要終、疎條布葉、道味相附。懸緒自接。如樂之和、心聲克協、

儀毫（呂氏春秋處方篇）今夫射者儀毫而失墻畫者儀髮而失貌言審本也　詘寸（文子）老子曰屈寸而伸尺小枉而大直聖人為之　率故多尤（文賦）或率意而寡尤　事賊（左傳）需事之賊也　偏枯（呂氏春秋）魯公孫悼曰我固能治偏枯　懸識（扁鵲傳）扁鵲過齊桓侯客之入朝見曰君有疾在腠理不治將深　總轡（家語）善御馬者正身以總轡　同音（賈誼傳）胡粵之人生而同聲及其長而成俗累數譯不能相通行有雖死而不相為者則教習然也　歎奇（兒寬傳）張湯為廷尉有疑奏已再見卻矣掾史莫之所為寬為言其意掾史因使寬為奏奏成即時得可異日湯見上問曰前奏非俗吏所及誰為之者湯言兒寬上曰吾固聞之久矣　稱善（世說）司馬景王命中書虞松作表再呈不可鍾會取視為定五字松悅服以呈景王王曰不當爾耶　如樂（左傳）如樂之和無所不諧

總術第四十四

今（元作令，商改）之常言，有文有筆，以為無韻者筆也，有韻者文也。夫文以足言，理兼詩書，别目兩名，自近代耳。顔延年以為筆之為體，言之文也；經典則言而非筆，傳記則筆而非言。請奪彼矛，還攻其楯矣。何者？易之文言，豈非言文？若筆不言文，不得云經典非筆矣。將以立論，未見其論立也。予以為發口為言，屬筆曰翰，常道曰經，述經曰傳。經傳之體，出言入筆，筆為言使，可强可弱。分（疑有脱誤）經以典奥為不刊非以言筆為優劣也昔陸氏文賦號為曲盡然汎論纖悉而實體未該故知九變之貫元作實楊改匪窮元作躬孫改知言之選難備矣凡精慮造文各競新麗多欲練辭莫肯研術落落之玉或亂乎石碌碌之石時似乎玉精者要約匱者亦尠博者該贍蕪元作無朱改者亦繁辯者昭晳淺者亦露奧者複隱詭者亦典或義華而聲悴或理拙而文澤知夫調鐘未易張琴實難伶人告和不必盡窕槬桍字衍之中動用揮扇何必窮初終之韻魏文比篇章於音樂蓋有徵矣

四者兼之為難可視可聽而不可味尤

夫不截盤根無以驗利器不剖文奧無以辨通才才之能通必資曉術自非圓鑒區域大判條例豈能控引情（元作清）源制勝文苑哉是以執術馭篇似善弈之窮數棄（元作築）術任心如博塞之邀遇故博塞之文借巧儻來雖前驅有功而後援難繼少既無以相接多亦不知所刪乃多少之並（元作非許改）惑何妍蚩之能制乎若夫善奕之文則術有恒數按部整伍以待情會因時順機動不失正數逢其極機入其巧則義味騰躍而生辭氣叢雜而至視之則錦繪

不堪嗅者品之下也

聽之則絲簧味之則甘腴佩之則芬芳斷章之功於斯盛矣夫驥足雖駿纆（元作緸許改）牽忌長以萬分一累且廢千里況文體多術共相彌綸一物攜貳莫不解體所以列在一篇備總情變譬三十之輻共成一轂雖未足觀亦鄙夫之見也

贊曰

文場筆苑有術有門務先大體鑑必窮源乘一總萬舉要治繁思無定契理有恒存

曲盡（文賦序他日殆可謂曲盡其妙）九變（漢武帝詔詩云九變復貫知言之選）玉石（老子法本不欲琭琭如玉）

文運升降總萃此篇今學子讀畢五經史漢後以此

落落加石窕槬〔左傳〕周靈王將鑄無射伶州鳩曰夫音樂之輿也而鐘樂之器也窕則不減槬則不容今鐘槬矣魏文〔魏文帝典論論文〕文以氣為主氣之清濁有體不可力彊而致譬之音樂曲度雖均節奏同檢至於引氣不齊巧拙有素雖在父兄不能移其子弟盤根〔虞詡傳〕不遇槃根錯節何以別利器乎博塞〔許慎說文〕博局戲也六箸十二棊也又行棊相塞曰博塞儻來〔莊子〕軒冕在身非性命也物之儻來寄也纆牽〔戰國策〕段干越謂韓相新城君曰昔王良弟子駕千里之馬過京父之弟子京父之弟子曰馬千里之馬也服千里之服也而不能取千里何也曰子纆牽長故纆牽於事萬分之一也而難千里之行三十之輻〔考工記〕輪輻三十以象日月也

時序第四十五

時運交移質文代變古今情理如可言乎昔在陶唐德盛化鈞野老吐何力之談郊童含不識之歌

等文進之勝於多讀八家文也

有虞繼作政阜民暇薰風詩於元后爛雲歌於列臣盡其美者何乃心樂而聲泰也至大禹敷土九序詠功成湯聖敬猗歟作頌逮姬文之德盛周南勤而不怨大王之化淳邠風樂而不淫幽厲昏而板蕩怒平王微而黍離哀故知歌謠文理、與世推移風動於上、而波震於下者、春秋以後、角戰英雄、六經泥蟠、百家飆駭、方是時也韓魏力政燕趙任權五蠹六蝨嚴於秦令唯齊楚兩國、頗有文學、齊開莊衢之第、楚廣蘭臺之宮、孟軻賓館荀卿宰邑、故稷下扇其清風、蘭陵鬱其茂俗、鄒子以談天飛譽、騶奭以雕龍馳響、屈平聯藻於日月、宋玉交彩於風雲、觀其豔説、則籠罩雅頌、故知暐燁之奇意出乎縱横之詭俗也、爰至有漢、運接燔書、高祖尚武、戲儒簡學、雖禮律草創、詩書未遑、然大風鴻鵠之歌、亦天縱之英作也、施及孝惠、迄於文景、經術頗興、而辭人勿用、賈誼抑而鄒枚沈、亦可知已、逮孝武崇儒、潤色鴻業、禮樂爭輝、辭藻競騖、柏梁展朝讌之詩、金堤製恤民之詠、徵枚乘以蒲輪、申主父以鼎食擢公孫之對策歎兒寬之擬奏買臣負薪而衣錦相如滌器而被繡於是史遷壽王之徒嚴終枚臯之屬應對固無方篇章亦不匱遺風餘采莫與比盛越昭及宣實繼武績馳騁石渠暇豫文會集雕篆之軼材發綺縠之高喻於是王襃之倫底祿待詔自元暨成降意圖籍美(元作笑)玉屑之譚(元作諫)清金馬之路子雲銳思於千首子政讐校於六藝亦已美矣爰自漢室迄至成哀雖世漸百齡辭人九變而大抵所歸祖述楚辭靈均餘影於是乎

在。自哀平陵替、光武中興、深懷圖讖、頗略文華、然杜篤獻誄以免刑、班彪參奏元作表張儁度改以補令、雖非旁求、亦不遐棄。及明帝疊耀、崇愛儒術、肄禮璧堂、講文虎觀、孟堅珥筆於國史、賈逵給札元作禮張改于瑞元作端張改頌、東平擅其懿文、沛王振其通論、帝則藩儀、輝光相照矣。自安和巳下、迄至順桓、則有班傅三崔、王馬張蔡、磊落鴻儒、才不時乏、而文章之選、存而不論。然中興之後、羣才稍改前轍、華實所附、斟酌經辭。蓋歷政講聚、故漸靡儒風者也。降及靈帝、時好辭製，造羲皇之書，開鴻都之賦，而樂松之徒，招集淺陋，故楊賜號為驩兜，蔡邕比之俳優，其餘風遺文，蓋蔑如也。自獻帝播遷，文學蓬轉，建安之末，區宇方輯，魏武以相王之尊，雅愛詩章；文帝以副君之重，妙善辭賦；陳思以公子之豪，下筆琳瑯；並體貌英逸，故俊才雲蒸。仲宣委質於漢南，孔璋歸命於河北，偉長從宦於青土，公幹徇質於海隅，德璉綜其斐然之思，元瑜展其翩翩之樂，文蔚休伯之儔，于叔元作子俶德祖之侶，傲雅觴豆之前，雍容衽席之上，灑筆以成酣歌，和墨以藉談笑。觀其時文，雅好慷慨，良由世積亂離，風衰俗怨，並志深而筆長，故梗槩而多氣也。至明帝纂戎，制詩度曲，徵篇章之士，置崇文之觀，何劉羣才，迭相照耀。少主相仍，唯高貴英雅，顧盼合章，動言成論。於時正始餘風，篇體輕澹，而嵇阮應繆，並馳文路矣。逮晉宣始基，景文克構，並跡沈儒雅，而務深方術。至武帝惟新，承平受命，而膠序篇章，弗簡皇慮。降及懷愍，綴旒而已。然晉雖不文，人才實盛：茂先搖筆而散珠，太冲動墨而横錦、岳湛曜聯壁之華、機雲標二俊之采、應傅三張之徒（元作從）孫摯成公之屬、並結藻清英、流韻綺靡、前史以為運涉季世。人未盡才。誠哉斯談。可為歎息。元皇中興、披文建學、劉刁禮吏而寵榮、景純文敏而優擢、逮明帝秉哲（元作束哲）、雅好文會、升儲御極、孳孳講蓺、練情於誥策、振采於辭賦、庾以筆才逾親、温以文思益厚、揄揚風流。亦彼時之漢武也。及成康促齡、穆哀短祚、簡文勃興、淵乎清峻、微言精理、函（何本改亟）滿元席、澹思濃采、時灑文囿、至孝武不嗣、安恭已矣、其文史則有袁殷之曹、孫干之輩、雖才或淺深、珪璋足用、自中朝貴玄。江左稱盛。因、談餘氣。流成文體。是以世極迍邅。而辭意夷泰。詩必柱下之旨歸。賦乃漆園之義疏。故知文變染乎世情。興廢繫乎時序。原始以要終。雖百世可知也。自宋武愛文、文帝彬雅、秉文之德、孝武多才、英采雲構、自明帝元脫以下、文理替矣、爾其縉紳之林、霞蔚而飆起、王袁聯宗以龍章、顏謝重葉以鳳采、何范張沈之徒、亦不可勝也、蓋聞之於世、故略舉大較暨皇齊馭寶運集休明太祖以聖武膺籙高祖以睿文纂業文帝以貳離含章中宗以上哲興運並文明自天緝遐（疑作熈）景祚今聖歷方興文思光（元作充）被海岳降神才英秀發馭飛龍於天衢駕騏驥於萬里經典禮章跨周轢漢唐虞之文其鼎盛乎鴻風懿采短筆敢陳颺言讚時請寄明哲

贊曰

蔚映十代辭采九變樞中所動環流無倦質文沿時崇替在選終古雖遠曠（注作曖）焉如面

野老〔帝王世紀〕帝堯之世天下太和百姓無事有老人擊壤而歌曰日出而作日入而息鑿井而飲耕田而食帝力何有於我哉

郊童〔列子〕堯治天下五十年不知天下治與不治乃微服遊於康衢聞童謠云立我蒸民莫匪爾極不識不知順帝之則

薰風見明詩篇

爛雲見通變篇

猗歟〔鄭康成詩譜〕湯受命定天下後世有中宗高宗者此三主有受命中興之功時有作詩頌之者商德之壞武王伐紂封紂兄微子啓為宋公七世至戴公時大夫正考父校商之名頌十二篇於周太師以那為首其首章曰猗歟那歟

周南〔詩小序〕關雎麟趾之化王者之風故繫之周南言化自北而南也

邠風〔詩譜〕豳者后稷之曾孫曰公劉者自邰而出所徙戎狄之地名至商之末世太王又避戎狄之難而入處於岐陽成王之時周公避流言之難出居東都思公劉太王居豳之職憂念民事至苦之功以比序已志後成王迎而反之太史述其志主於豳公之事故别其詩以為豳國變風焉

幽厲〔詩小序〕板凡伯刺厲王也蕩召穆公傷周室大壞也厲王無道天下蕩蕩無綱紀文章故作是詩也

平王〔詩註疏〕平王東遷政遂微弱不能復雅下列稱風〔詩黍離章註〕周既東遷大夫行役至于宗周過故宗廟宮室盡為禾黍閔周室之顛覆傍徨不忍去故賦其所見

泥蟠

班固答賓戲泥蟠而天飛者應龍之神也五蠹六蝨見諸子篇莊衢騶奭傳騶采騶衍之術以紀文齊王嘉之自如淳于髡以下皆命曰列大夫為開第康莊之衢高門大屋尊寵之蘭臺見夸飾篇景差注荀卿荀卿傳卿適楚春申君以為蘭陵令稷下孟子傳自騶衍與齊之稷下先生如淳于髡慎到環淵接子田駢騶奭之徒各著書言治亂之事以干世主豈可勝道哉索隱曰稷齊之城門也謂齊之學士集於稷門之下也談天雕龍見諸子篇燔書秦始皇本紀李斯奏請史官非秦記皆燒之非博士官所職天下敢有藏詩書百家語者悉詣守尉雜燒之令下三十日不燒黥為城旦制曰可戲儒酈食其傳騎士曰沛公不喜儒諸客冠儒冠來者沛公輒解其冠溺其中禮律草創漢禮樂志漢興撥亂反正日不暇給猶命叔孫通制禮儀以正君臣之位未盡備而通終律歷志漢興方綱紀大基庶事草創襲秦正朔以北平侯張蒼言用顓頊歷比於六歷大風見樂府篇鴻鵠留侯世家上欲易太子留侯諫不聽及燕置酒太子侍東園公甪里先生綺里季夏黃公四人從太子上名戚夫人曰彼四人輔之羽翼已成難動矣戚夫人泣上曰為我楚舞吾為若楚歌歌曰鴻鵠高飛一舉千里羽翼

已就橫絶四海橫絶四海當可奈何雖有矰繳尚安所施

文景〔漢書〕孝文皇帝高祖中子也孝景皇帝文帝太子也贊曰周云成康漢言文景美矣

賈誼〔賈誼傳〕天子議以誼任公卿之位絳灌東陽侯馮敬之屬盡害之迺毀誼曰雒陽之人年少初學專欲擅權紛亂諸事於是天子後亦疏之不用其議以誼為長沙王太傅

鄒枚鄒陽見前〔枚乘傳〕景帝召拜乘為弘農都尉乘久為大國上賓與英俊並游得其所好不樂郡吏以病免官

孝武〔漢武帝紀贊〕孝武初立表章六經興太學號令文章煥焉可述後嗣得遵洪業而有三代之風

柏梁見明詩篇

金堤〔漢溝洫志〕武帝既封禪發卒數萬人塞瓠子決河上悼功之不成迺作歌卒塞瓠子築宮其上名曰宣防〔王尊傳〕河水盛溢泛浸瓠子金堤

蒲輪〔枚乘傳〕武帝自為太子聞乘名及即位迺以安車蒲輪徵乘

鼎食〔主父偃傳〕尊立衛皇后及發燕王定國陰事偃有功焉大臣皆畏其口賂遺累千金人或說偃曰太橫矣主父曰丈夫生不五鼎食死即五鼎烹耳

對策見議對篇

疑奏見附會篇歎奇注

負薪〔朱買臣傳〕家貧常艾薪樵賣以給食拜會稽太守上謂曰富貴不歸故鄉如衣錦夜行今子何如

滌器〔司馬相如傳〕相如與文君俱之臨邛盡賣車騎買酒舍乃令文

君嘗盧相如身自著犢鼻褌與庸保雜作滌器於市中後爲中郎將至蜀太守以下郊迎縣令負弩矢先驅蜀人以爲寵**壽王**吾邱

壽王傳年少以善格五名待詔後爲光祿大夫侍中**嚴**嚴安傳安臨菑人以故丞相史上書爲騎馬令**終**終軍傳軍少好學以

辯博能屬文上書言事武帝異其文拜爲謁者給事中**枚皐**枚皐傳皐不通經術詼笑類俳倡爲賦頌好嫚戲以故得媟黷

貴幸比東方朔郭舍人等而不得比嚴助等得尊官**昭**漢昭帝紀孝昭皇帝武帝少子也武帝崩即皇帝位**宣**漢宣帝紀孝宣

皇帝武帝曾孫戾太子孫也昭帝崩徵昌邑王王淫亂大臣請廢迎帝即皇帝位**石渠**見論說篇**雕篆**見詮賦篇**綺**

縠同上**底祿**左傳叔向曰底祿以德**元**漢元帝紀孝元皇帝宣帝太子也宣帝微時生民間宣帝即位立爲太子壯大柔

仁好儒宣帝崩太子即皇帝位**成**漢成帝紀孝成皇帝元帝太子也元帝崩即皇帝位**金馬**滑稽傳東方朔歌曰陸沈於俗

避世金馬門**千首**見詮賦篇**六藝**漢藝文志劉歆七略有六藝略詳諸子篇**哀平**漢哀帝紀孝哀皇帝元帝

庶孫定陶恭王子也成帝無子立爲皇太子成帝崩即皇帝位漢平帝紀孝平皇帝元帝庶孫中山孝王子也哀帝崩即皇帝位**光**

武（後漢光武帝紀）光武皇帝諱秀長沙定王之後誅王莽復漢圖讖見正緯篇免刑（後漢文苑傳）杜篤收送京師會大司馬吴漢薨光武詔諸儒誄之篤於獄中為誄最高帝美之賜帛免刑參奏（班彪傳）彪為河西大將軍竇融從事為融畫策事漢及融徵還京師光武問曰所上章奏誰與參之融以彪對召見拜徐令明帝（後漢明帝紀）孝明皇帝諱莊光武第四子也

壁堂壁雍明堂也（通鑑）明帝永平二年上帥羣臣躬養三老五更於辟雍禮畢上自為下說諸儒執經問難於前冠帶縉紳之士圜橋門而觀聽者以億萬計虎觀見論說篇國史見史傳篇述漢注給札（賈逵傳）有神雀集宮殿官府帝問逵逵對曰此胡降之徵也帝敕蘭臺給筆札使作神雀頌東平（後漢東平憲王傳）蒼少好經書雅有智思上光武受命中興頌帝甚善之

沛王見正緯篇安和順桓（後漢帝紀）孝和皇帝諱肇肅宗第四子也孝安皇帝諱祐肅宗孫也孝順皇帝諱保安帝之子也孝桓皇帝諱志肅宗曾孫也班固傅毅三崔駰瑗寔王延壽馬融張衡蔡邕俱見前靈帝（後漢靈帝紀）孝靈皇帝諱宏肅宗元孫也（蔡邕傳）初帝好學自造羲皇篇五十章因引諸生能為文

賦者本頒以經學相招後諸為尺牘及工書鳥篆者皆加引名遂至數
十人侍中祭酒樂松賈護多引無行趨埶之徒並待制鴻都門下熹陳
方俗閭里小事邕上封事曰連偶俗語有類俳優〔楊賜傳〕虹蜺晝降
嘉德殿前賜書對曰鴻都門下招會羣小如驩兜共工更相薦說

獻帝〔後漢獻帝紀〕孝獻皇帝諱協靈帝中子也初封陳留王董卓立之建安二十五年禪于魏贊曰獻生不辰身播國屯**蓬轉**〔西征賦〕飄萍浮而蓬轉**魏武**〔魏志〕太祖武皇帝姓曹諱操字孟德舉孝廉為郎遷丞相封魏王文帝追謚曰武皇帝

文帝〔魏志〕文皇帝諱丕字子桓武帝太子也建安十六年為五官中郎將副丞相二十二年立為魏太子太祖崩嗣位為丞相魏王受漢禪即皇帝位**陳思**〔魏志〕陳思王植字子建善屬文鄴銅爵臺新成太祖悉將諸子登臺使各為賦植援筆立成可觀太祖甚異之**體貌**〔賈誼傳〕體貌大臣〔注〕體貌謂加禮容而敬之**俊才雲蒸**仲宣孔璋偉長公幹德璉元瑜子俶俱見前〔典略〕路粹字文蔚與陳琳等俱為太祖典記室繁欽字休伯以文才機辯少得名於汝頴為丞相主簿楊修字德祖太尉彪之子也為丞相倉曹屬主簿**梗槩**按文選東京賦注云不纖密則是大概之意此處運用各别查字典引劉楨魯都賦云貴交尚信輕命重

氣義激毫毛怨成梗槩是直作感槩用也明帝見前度曲〔漢書〕元帝吹洞簫自度曲〔注〕自隱度作新曲崇文觀〔魏志〕明帝四年置崇文觀徵善屬文者以充之何晏劉劭俱見前高貴〔魏志〕高貴鄉公諱髦東海定王之子齊王芳廢大臣立之為成濟所弒正始餘風〔世說〕王丞相與殷中軍共談歎曰正始之音正當爾耳又王敦見衛玠曰不意永嘉之中復聞正始之音嵇康阮籍應瑒繆襲俱見前晉宣景文武懷愍〔晉書〕司馬懿字仲達仕魏為太尉武帝即位追謚宣皇帝懿長子師字子元仕魏為大將軍追謚景皇帝師弟昭字子上仕魏封晉王追謚文皇帝昭子炎字安仁受魏禪謚武皇帝懷皇帝諱熾武帝第二十五子也惠帝無嗣立為皇太弟在位六年為劉曜執歸弒之孝愍皇帝諱鄴吳孝王晏之子也初封秦王懷帝遇害大臣立之在位四年為劉曜執歸弒之綴旒〔公羊傳〕君若贅旒然言為下所執持東西耳贅亦作綴文才實盛茂先太冲應璩傳咸張載張協張亢孫綽摯虞成公綏俱見前〔晉文苑傳〕應貞字吉甫璩之子也善談論以才學稱帝於華林園宴射貞賦詩最美聯璧〔夏侯湛傳〕湛幼有盛才文章宏富善構新詞而美容觀與潘岳

友善每行止同輿接茵京都謂之連璧**二俊**（陸機傳）太康末與弟雲俱入洛造張華華素重其名如舊相識曰伐吳之役利獲二俊**元皇**（晉元帝紀）元皇帝諱睿字景文琅琊恭王覲之子也愍帝崩即皇帝位**劉**（劉隗傳）隗字大連雅習文史善求人主意元帝深器遇之**刁**（刁協傳）協字元亮久在中朝諳練舊事朝廷凡所制度皆稟於協焉**明帝**（晉明帝紀）明皇帝諱紹字道畿元皇帝長子也性至孝有文武才略欽賢愛客雅好文辭**庾**（庾亮傳）亮明穆皇后之兄也與溫嶠俱為太子布衣之好明帝即位拜中書監**溫**（溫嶠傳）嶠字太眞明帝即位拜侍中機密大謀皆所叅綜**成康穆哀**（晉書）成皇帝諱衍字世根明帝長子也在位十七年康皇帝諱岳字世同成帝同母弟也在位二年穆皇帝諱聃字彭子康帝子也在位七年哀皇帝諱丕字千齡成帝長子也在位三年**簡文**（晉簡文帝紀）簡文皇帝諱昱字道萬元帝之少子也帝少有風儀善容止留心典籍不以居處為意凝塵滿席湛如也**孝武安恭**（晉書）孝武帝諱曜字昌明簡文第三子也在位二十四年安帝諱德宗孝武帝長子也在位二十年恭帝諱德文安帝同母弟也劉裕廢安帝立之在位二年禪于宋**袁殷孫干**袁宏孫盛干寶俱見前（殷仲文傳）仲文少有才

藻桓元將為亂使總領詔命以為侍中領左衛將軍元九錫仲文之辭也柱下（法輪經）老子在周武王時為柱下史漆園

（史記）莊子者蒙人也名周嘗為蒙漆園吏武帝文帝孝武明帝（宋書）武皇帝劉氏諱裕彭城人

受晉恭帝禪文皇帝諱義隆武帝第三子也檀道濟廢營陽王立之孝武皇帝諱駿文帝第三子也初封武陵王起兵誅元凶劭即位明皇

帝諱彧文帝第十一子也初封湘東王廢帝被弒大臣迎立之王（宋書）王僧達少好學善屬文為始興王濬參軍歷遷中書令王微少好學

無不通覽善屬文年十六舉秀才除南平王鑠右軍諮議參軍素無宦情稱疾不就袁（宋書）袁淑博涉多通好屬文辭采遒艷縱橫有才辯

彭城王起為祭酒後遷至左衛率府劭當行篡逆淑諫見害淑兄湛湛兄子顗顗從弟粲並有名龍章（世說）顧彥先八音之琴瑟

五色之龍章顏（顏延之傳）延之文章之美冠絕當時與謝靈運俱以詞彩齊名江左稱顏謝焉謝（謝靈運傳）靈運博覽羣書文章

之美江左莫逮史臣曰爰逮宋氏顏謝騰聲靈運之興會標舉延年之體裁明密並芳軌前秀垂範後昆鳳采（水經注）廬山上有三

石梁吳猛將弟子登山過此梁見一翁坐桂樹下山川明淨風澤清曠嘉遁之士繼響窟巖龍潛鳳采之賢往者忘歸矣何范張

沈(南史何遜傳)遜弱冠州舉秀才范雲見其對策大相稱賞因結忘年交謂所親曰頃觀文人質則過儒麗則傷俗其能含清濁中今古見之何生矣沈約嘗謂遜曰吾每讀卿詩一日三復猶不能已(范雲傳)雲善屬文下筆輒成時人疑其宿構(張邵傳論)有晉自宅淮海張氏無乏賢良及宋齊之間雅道彌盛前則云敷演鏡暢蓋其尤著者也然景胤敬愛之道少微立履所由其殆優矣思光行已卓越非常俗所遵齊高帝所云不可有二不可無一斯言其幾得矣(沈約傳)約博通羣籍能屬文

皇齊(南齊高帝紀)高皇帝諱道成字紹伯姓蕭氏仕宋封齊王受宋禪(南史)齊高帝蕭道成廟號太祖武帝蕭賾廟號世祖文惠太子蕭長懋追尊為文帝廟號世宗明帝蕭鸞廟號高宗並無中宗高祖

貳離(易離卦)象曰重明以麗乎正象曰明兩作離

環流(鶡冠子)物極則反命曰環流

男　登賢雲門　校
登穀春畬

文心雕龍卷第九

文心雕龍卷第十

北平黃叔琳崑圃輯注
梁劉　勰撰　魏塘陸迴然豈儔
菖湖姜爾耀子葯　叅訂

物色第四十六

春秋代序、陰陽慘舒、物色之動、心亦搖焉、蓋陽氣萌而玄駒步、陰律凝而丹鳥羞、微蟲猶或入感、四時之動物深矣、若夫珪璋挺其惠心、英華秀其清氣、物色相名、人誰獲安、是以獻嵗發春、悅豫之情暢、滔滔孟夏、鬱陶之心凝、天高氣清、陰沈之志遠、霰雪無垠、矜肅之慮深、歲有其物、物有其容、情以物遷、辭以情發、一葉且或迎意、蟲聲有足引心。況清風與明月同夜。白日與春林共朝哉。是以詩人感物、聯類不窮、流連萬象之際、沈吟視聽之區、寫氣圖貌、既隨物以宛轉、屬采附聲、亦與心而徘徊、故灼灼狀桃花之鮮。依依盡楊柳之貌。杲杲為出日之容。瀌瀌擬雨雪之狀。喈喈逐黃鳥之聲。喓喓學草蟲之韻。皎日嘒星。一言窮理。參差沃若。兩字

陳子昂謂齊梁間彩麗競

窮形。並以少總多。情貌無遺矣。雖復思經千載。將何易奪。及離騷代興。觸類而長。物貌難盡。故重沓舒狀。於是嵯峨之類聚。葳蕤之羣積矣。及長卿之徒。詭勢瓌聲。模山範水。字必魚貫。所謂詩人麗則而約言。辭人麗淫而繁句也。至如雅詠棠華。或黃或白。騷述秋蘭。綠葉紫莖。凡摛表五色。貴在時見。若青黃屢出。則繁而不珍。自近代以來。文貴形似。窺情風景之上。鑽貌草木之中。吟詠所發。志惟深遠。體物為妙。功在密附。故巧言切狀。如印之印泥。

繁而寄興都絶正坐此也

化臭腐為神奇祕妙盡此

天下事那件不從忙裏錯過文亦然矣

不加雕削而曲寫毫芥故能瞻言而見貌印（疑作即）字而知時也然物有恆姿而思無定檢或率爾造極或精思愈疏且詩騷所標並據要害故後進銳筆怯於爭鋒莫不因方以借巧即勢以會奇善於適要則雖舊彌新矣是以四序紛迴而入興貴閑物色雖繁而析辭尚簡使味飄飄而輕舉情曄曄而更新古來辭人異代接武莫不參伍以相變因革以為功物色盡而情有餘者曉會通也若乃山林皐壤實文思之奧府略語則闕詳說則繁然屈平

所以能洞監風騷之情者，抑亦江山之助乎。

贊曰：

山沓水匝，樹雜雲合。目既往還，心亦吐納。春日遲遲，秋風颯颯。情往似贈，興來如答。

元駒【大戴禮夏小正】十有二月元駒賁元駒也者蚳也賁者何也走於地中也【法言】吾見元駒之步 丹鳥【夏小正】八月丹鳥羞白馬【注】丹鳥螢也白馬謂蚊蚋也羞進也不盡食也【古今注】螢一名丹鳥一名夜光 獻歲【楚辭招魂】獻歲發春兮 滔滔【楚辭九章】滔滔孟夏兮 天高【宋玉九辯】泬寥兮天高而氣清 霰雪【楚辭九章】霰雪紛其無垠兮 一葉【淮南子】見一葉落而知歲之將暮 灼灼【詩周南】桃之夭夭灼灼其華 依依【詩小雅】昔我往矣楊柳依依 杲杲【詩衛風】其雨其雨杲杲出日 瀌瀌【詩小雅】雨雪瀌瀌見晛曰消 喈喈【詩周南】黃鳥于飛集於灌木其鳴喈喈

上下百家體大而思精眞文囿之巨觀

嚶嚶（詩召南嚶嚶草蟲）皎日（詩王風謂予不信有如皎日）嘒星（詩周南嘒彼小星三五在東）參差（詩周南參差荇菜）沃若（詩曹風其桑沃若）魚貫（易剝卦六五貫魚以宮人寵无不利）麗則麗淫（見詮賦篇）棠華（詩小雅裳裳者華或黃或白）秋蘭（楚辭九歌秋蘭兮青青綠葉兮紫莖）

才略第四十七

九代之文富矣盛矣其辭令華采可略而詳也虞夏文章則有皐陶六德夔序八音益則有贊五子作歌辭義溫雅萬代之儀表也商周之世則仲虺垂誥伊尹敷訓吉甫之徒並述詩頌義固爲經文亦師矣及乎春秋大夫則修辭聘會磊落如琅玕

之圃、焜燿似縟錦之肆、薳敖（元作教曹改）擇楚國之令典、隨會講晉國之禮法、趙衰（元作襄曹改）以文勝從饗、國僑以脩辭扞鄭、子太叔美秀而文、公孫揮善於辭令、皆文名之標者也、戰代任武、而文士不絕、諸子以道術取資、屈宋以楚辭發采、樂毅報書辨以義。范雎上疏密而至。蘇秦歷說壯而中。李斯自奏麗而動。若在文世。則揚班儔矣。荀況學宗、而象物名賦、文質相稱、固巨儒之情也、漢室陸賈、首發奇采、賦孟春而選典誥、其辯之富矣、賈誼才穎、陵軼飛兔議愜而賦清、豈虛至哉、枚乘之七發、鄒陽之上書、膏潤於筆、氣形於言矣、仲舒專儒、子長純史、而麗縟成文、亦詩人之告哀焉、相如好書、師範屈宋、洞入夸艷、致名辭宗、然覆取精意、理不勝辭、故揚子以為文麗用寡者長卿、誠哉是言也、王褒構采、以密巧為致、附聲測貌、泠然可觀、子雲屬意、辭人疑誤最深、觀其涯度幽遠、搜選詭麗、而竭才以鑽思、故能理贍而辭堅矣、桓譚著論、富號猗頓、宋弘稱薦、爰比相如、而集靈諸賦、偏淺無才、故知長於諷論、不及麗文也、敬通雅好辭說、而坎壈盛世、顯志自序、亦蚌病成珠矣、二班兩劉、弈葉繼采、舊說以為固文優彪、歆學精向、然王命清辯、新序該練、璿璧產於崑岡、亦難得而踰本矣、傅毅崔駰、光采比肩、瑗寔踵武、龍世厥風者矣、杜篤賈逵、亦有聲於文跡其為才、崔傅之末流也、李尤（元作充王改）賦銘志慕鴻裁、而才力沈膇、垂翼不飛、馬融鴻儒、思洽識（一作登）高、吐納經範、華實相扶、王逸博識有功、而絢采無力、延壽繼志、瓌穎獨標、其善圖物寫貌、豈枚乘之遺術歟、張衡通贍、蔡邕精雅、文史彬彬、隔世相望、是則竹柏異心而同貞、金玉殊質而皆寶也、劉向之奏議、旨切而調緩、趙壹之辭賦、意繁而體疎、孔融氣盛於為筆、禰衡思銳於為文、有偏美焉、潘勗憑經以騁才、故絕羣於錫命、王朗發憤以託志、亦致美於序銘、然自卿淵已前。多俊才而不課學。雄向已後。頗引書以助文。此取與之大際、其分不可亂者也、魏文之才、洋洋清綺、舊談抑之、謂去植千里、然子建思捷而才儁、詩麗而表逸、子桓慮詳而力緩故不競於先鳴，而樂府清越，典論辯要，迭用短長，亦無懵焉。但俗情抑揚，雷同一響，遂令文帝以位尊減才，思王以勢窘益價，未爲篤論也。仲宣溢才，捷而能密，文多兼善，辭少瑕累，摘其詩賦，則七子之冠冕乎！琳瑀以符檄擅聲；徐幹以賦論標美；劉楨情高以會采；應瑒學優以得文；路粹楊修，頗懷筆記之工；丁儀邯鄲，亦含論述之美，有足算焉。劉劭趙都，能攀於前修；何晏景福，克光於後進；休璉風情，則百壹摽其志；吉甫文理，則臨丹成其采；

嵇康師心以遣論、阮籍使氣以命詩、殊聲而合響、異翮而同飛、張華短章、奕奕清暢、其鷦鷯寓意、即韓非之說難也、左思奇才、業深覃思、盡銳於三都、拔萃於詠史、無遺力矣、潘岳敏給、辭自（疑作旨）和暢、鍾美於西征、賈餘於哀誄、非自外也、陸機才欲窺深、辭務索廣、故思能入巧、而不制繁、士龍朗練（元作陳王青蓮改）以識檢亂、故能布采鮮淨、敏於短篇、孫楚綴思、每直置以疎通、摯虞述懷、必循規以溫雅、其品藻流別、有條理焉、傅玄篇章、義多規鏡、長虞筆奏、世執剛中並楨（汪作杶）幹之實才，非羣華之韡蕚也。成公子安選賦而時美，夏侯孝若具體而皆微，曹攄清靡於長篇，季鷹辨切於短韻，各其善也。孟陽景福才綺而相埒，可謂魯衛之政，兄弟之文也。劉琨雅壯而多風，盧諶情發而理昭，亦遇之於時勢也。景純豔逸，足冠中興，郊賦既穆穆以大觀，仙詩亦飄飄而凌雲矣。庾元規之表奏，靡密以閑暢；溫太眞之筆記，循理而清通，亦筆端之良工也。孫盛干寶（元作子實）文勝爲史，準的所擬，志乎典訓，户牖雖異，而筆彩略同、袁宏發軫以高驤、故卓出而多偏、孫綽規旋以矩步、故倫序而寡狀、殷仲文之孤（疑作秋）興、謝叔源之閑情、並解散辭體、縹緲浮音、雖滔滔風流、而大澆文意、宋代逸才、辭翰鱗萃、世近易明、無勞甄序、觀夫後漢才林、可參西京、晉世文苑、足儷鄴都、然而魏時話言、必以元封為稱首、宋來美談、亦以建安為口實、何也、豈非崇文之盛世、招才之嘉會哉、嗟夫、此古人所以貴乎時也、

贊曰

才難然乎，性各異稟。一朝綜文，千年凝錦。餘采徘徊，遺風籍甚。無曰紛雜，皎然可品。

六德〔書臯陶謨〕曰：嚴祗敬六德，亮采有邦。

八音〔書舜典〕帝曰：夔，命汝典樂，教胄子。八音克諧，無相奪倫。

仲虺〔書序〕湯歸自夏，至於大坰，仲虺作誥。

伊訓〔書序〕成湯既歿，太甲元年，伊尹作伊訓。

吉甫〔詩大雅〕崧高、烝民，皆尹吉甫作也。

蔿敖〔左傳〕隨武子曰：蔿敖為宰，擇楚國之令典，百官象物而動，軍政不戒而備，能用典矣。蔿敖即蔿艾獵，孫叔敖也。

隨會〔左傳〕晉士會平王室，王享之，殽烝。武子私問其故。王曰：王享有體薦，宴有折俎。公當享，卿當宴，王室之禮也。武子歸而講求典禮，以脩晉國之法。

趙衰〔左傳〕秦穆公享公子重耳，子犯曰：偃不如衰之文也，請使衰從。公子賦河水，公賦六月。衰曰：君稱所以佐天子者命重耳，重耳敢不拜。

國僑〔左傳〕子產之為政也，擇能而使之。馮簡子能斷大事，子太叔美秀而文，公孫揮能知四國之爲，而辨其大夫之族姓、班位、貴賤、能否，而又善為辭令。

樂毅〔樂毅傳〕毅為燕昭王破齊，獨莒、即墨未服。昭王死，惠王即位。齊之田單聞之，乃縱反間於

燕曰齊兩城不下者聞樂毅與燕新王有隙欲連兵且留齊惠王乃使騎刼代將而召樂毅樂毅畏誅遂西降趙惠王使人讓之毅報以書

荀況（史記索隱）荀卿名況卿者時人相尊而號為卿也有雲蠶箴等賦見荀子 **飛兎**（呂氏春秋）飛兎騕褭古之駿馬也

猗頓（水經注）孔叢曰猗頓魯之窮士也聞朱公富往而問術焉朱公曰子欲速富當畜五牸于是十年之間其息不可計以與富于猗氏故曰猗頓也（論衡）挾桓君山之書富於積猗頓之財 **宋弘稱薦**（宋弘傳）帝嘗問弘通博之士弘薦沛國桓譚才學洽聞能及揚雄劉向父子 **集靈** 藝文類聚有桓譚集靈宫賦 **顯志**（馮衍傳）衍與新陽侯交結得罪不得志乃作賦自厲命其篇曰顯志顯志者言光明風化之情昭章元妙之思也 **蚌病**（淮南子）明月之珠螺蚌之病而我之利也 **二班** 彪固

兩劉 向歆 **王命** 見論說篇 **新序**（劉向傳）向采傳記行事著新序說苑凡五十篇 **崔駰**（後漢書）崔駰傳學有儁才善屬文少游太學與班固傅毅同時齊名子瑗銳志好學盡能傳其父業瑗子寔少沈靜好典籍傳贊曰崔爲文宗世禪雕龍 **李尤** 原作李充按後漢獨行傳李充陳留人不言有著述晉中興書李充江夏人著學箴然此在賈逵之後馬融之前則李尤也尤在和

帝時拜蘭臺令史有函谷諸賦幷東諸銘而賈逵仕明帝時馬融仕順桓時以序觀之乃李尤無疑沈腿〔左傳成公六年〕獻子曰民愁則墊隘於是乎有沈溺重腿之疾垂翼〔易明夷卦〕初九明夷于飛垂其翼枚乘遺術謂逸與延壽猶乘之于阜而延壽殆欲突過前人也趙壹〔後漢文苑傳〕壹恃才倨傲為鄉黨所擯乃作解擯後屢抵罪友人救得免乃為窮鳥賦以謝恩又作刺世疾邪賦以舒其怨憤七子〔魏文帝典論〕今之文人魯國孔融文舉廣陵陳琳孔璋山陽王粲仲宣北海徐幹偉長陳留阮瑀元瑜汝南應瑒德璉東平劉楨公幹斯七子者於學無所遺於辭無所假咸以自騁驥騄于千里仰齊足而並馳丁儀邯鄲〔魏志〕自潁川邯鄲淳繁欽陳留路粹沛國丁儀丁廙弘農楊脩河內荀緯等亦有文采而不在此七人之例劉劭注見事類篇休璉〔應璩傳〕璩字休璉曹爽秉政多違法度璩為詩以諷焉子貞字吉甫少以才聞能談論〔楚國先賢傳〕應休璉作百一詩譏切時事徧以示在位者咸皆怪愕以為應焚棄之何晏獨無怪也〔樂府廣題〕百者數之終一者數之始士有百行終始如一故云百一何晏晏字平叔有景福殿賦〔文選注〕魏明帝將東巡恐夏熱故于許昌作殿名曰景福既成命賦之平叔遂有此作嵇康〔嵇康

傳〕康以為神仙禀之自然非積學所得至于導養得理則安期彭祖之倫可及乃著養生論阮籍〔阮籍傳〕籍作詠懷詩八十餘篇

為世所重〔顔延年曰〕說者阮籍在晉文代常慮禍患故發此詠耳韓非非著說難儲說注見知音篇左思左思有詠

史詩潘岳〔潘岳傳〕岳為長安令作西征賦述所經人物山水文清旨詣窺深〔世說〕孫興公云潘文浅而淨陸文深而蕪世

執咸元子也剛中〔易乾卦〕大哉乾乎剛健中正純粹精也具體按湛作周詩昆弟誥正如謝公評揚都賦所云事事擬學

而不免偸狹若也盧諶〔盧諶傳〕劉琨敗喪諶抗表理琨文旨甚切諶才高行潔為一時所推值中原喪亂淪陷非所南

郊〔郭璞傳〕璞博學有高才辭賦為中興冠嘗作南郊賦帝見而嘉之西京光武都洛陽長安在西故曰西京而文人遂以

前漢為西京後漢為東都也鄴都〔文選〕魏曹操都鄴相州是也元封〔漢武帝紀〕上還登封泰山降坐明堂曰十月為

元封元年建安見明詩篇

知音第四十八

不薄今人愛古人老杜所以度越百家

知音其難哉、音實難知、知實難逢、逢其知音千載其一乎。夫古來知音、多賤同而思古、所謂日進前而不御。遥聞聲而相思也。昔儲説始出、子虚初成、秦皇漢武、恨不同時、既同時矣、則韓囚而馬輕、豈不明鑒同時之賤哉。至於班固傅毅、文在伯仲、而固嗤毅云、下筆不能自休、及陳思論才、亦深排孔璋、敬禮請潤色、歎以為美談、季緒好詆訶、方之於田巴、意亦見矣。故魏文稱文人相輕、非虚談也。至如君卿脣舌、而謬欲論文、乃稱史遷著書、諮東方朔於是桓譚之徒、相顧嗤笑、彼實博徒、輕言負誚、況乎文士、可妄談哉、故鑒照洞明而貴古賤今者二主是也才實鴻懿而崇己抑人者班曹是也學不逮文而信僞迷眞者樓護是也醬瓿之議豈多歎哉夫麟鳳與麏雉懸絕、珠玉與礫石超殊、白日垂其照、青眸寫其形、然魯臣以麟爲麏楚人以雉爲鳳、魏氏以夜光爲恠石、宋客以燕礫爲寶珠形器易徵。謬乃若是。文情難鑒。誰曰易分。夫篇章雜沓、質文交加、知多偏好、人莫圓該、慷慨者逆聲而擊節醞藉者見密而高蹈浮慧者觀綺而躍心愛奇者聞詭而驚聽會己則嗟諷異我則沮棄各執一隅之解欲擬萬端之變所謂東向而望不見西牆也凡操千曲而後曉聲觀千劍而後識器故圓照之象務先博觀閱喬岳以形培塿酌滄波以喻畎澮無私於輕重不偏於憎愛然後能平理若衡照辭如鏡矣是以將閱文情先標六觀一觀位體二觀置辭三觀通變四觀奇正五觀事義六觀宮商斯術既形則優劣見矣夫綴文者情動而辭發

觀文者披文以入情沿波討源雖幽必顯世遠莫見其面覘文輒見其心豈成篇之足深患識照之自淺耳夫志在山水琴表其情況形之筆端理將焉匿故心之照理譬目之照形目瞭則形無不分心敏則理無不達然而俗監之迷者。深廢淺售。此莊周所以笑折揚。宋玉所以傷白雪也。昔屈平有言、文質疏內衆不知余之異采、見異唯知音耳揚雄自稱心好沈博絕麗之文其事浮淺亦可知矣夫唯深識鑒奧必歡然內懌譬春臺之熙衆人。樂

餌之止過客。蓋聞蘭為國香，服媚彌芬。書亦國華。翫澤方美。知音君子，其垂意焉、

贊曰

洪鍾萬鈞、夔曠所定、良書盈篋、妙鑒迺訂、流鄭淫人、無或失聽、獨有此律、不謬蹊徑、

日進遙聞 鬼谷子內揵篇日進前而不御遙聞聲而相思 儲說 韓非傳非作孤憤五蠹內外儲說林說難十餘萬言秦王見其書曰寡人得見此人與之遊死不恨矣因急攻韓韓迺遣非使秦李斯姚賈害之下吏治非 子虛 見麗辭篇上林注 嗤毅 魏文帝典論傅毅之於班固伯仲之間耳而固小之與弟超書曰武仲以能屬文為蘭臺令史下筆不能自休 論才 陳思王集與楊德祖書以孔璋之才不閑於辭賦而多自謂能與司馬長卿同風譬畫虎不成反為狗者也昔丁敬禮嘗作小文使僕潤色之

僕自以才不過若人辭不為也敬禮謂僕卿何所疑難文之佳惡吾自得之後世誰相知定吾文者耶吾嘗歎此達言以為美談劉季緒才不逮于作者而好詆訶文章掎摭利病昔田巴毀五帝罪三王呰五霸於稷下一旦而服千人魯連一說使終身杜口劉生之辯未若田氏今之仲連求之不難可無歎息乎丁廙字敬禮季緒劉表子也**相輕**〔魏文帝論〕文人相輕自古而然**樓護**〔漢游俠傳〕樓護字君卿少隨父為醫長安誦醫經本草方術數十萬言長者謂曰以君卿之才何不宦學乎繇是辭其父學經傳為吏數年甚得名譽**醬瓿**〔揚雄傳〕著太元法言劉歆嘗觀之謂雄曰空自苦今學者有利祿然尚不能明易又如元何吾恐後人用覆醬瓿也**麟麏**見史傳篇泣麟注**雉鳳**〔尹文子〕楚擔山雉者路人問何鳥也擔雉者欺之曰鳳凰也買而獻之楚王**恠石**〔尹文子〕魏之田父得王徑尺不知其玉也以告鄰人鄰人紿之曰恠石也歸而置之廡下明照一室怖而棄之于野**燕礫**〔闞子〕宋之愚人得燕石於梧臺之東歸而藏之以為寶周客聞而觀焉掩口而笑曰與瓦礫不殊**東向**〔淮南子〕東面而望不見西牆南面而視不覩北方**琴表其情**〔呂氏春秋〕伯牙鼓琴鍾子期善聽方鼓琴志在泰山子期曰善哉乎鼓琴巍巍乎若泰山志在流水曰善哉乎鼓琴

洋洋乎若流水（折楊）（莊子大聲不入於里耳折楊皇荂則嗑然而笑是故高言不止於衆人之心至言不出俗言勝也）白雪（宋玉對楚王問客有歌於郢中者其始曰下里巴人國中屬而和者數千人其爲陽春白雪國中屬而和者數十人是以其曲彌高其和彌寡）

異采（屈平九章文質疏內兮衆不知余之異采）春臺（老子衆人熙熙如登春臺）樂餌（老子樂與餌過客止）

國香（左傳鄭文公有賤妾曰燕姞夢天使與己蘭曰以是爲而子以蘭爲國香人服媚之如是）

程器第四十九

周書論士，方之梓材，蓋貴器用而兼文采也。是以樸斲成而丹雘施，垣墉立而雕杇附。而近代詞人，務華棄實，故魏文以爲古今文人之（之字衍）類不護細行，韋誕所評，又歷詆羣才，後人雷同，混之一貫，吁可悲矣略觀文士之疵、相如竊妻而受金、揚雄嗜酒而少算敬通之不循廉隅、杜篤之請求無厭、班固諂竇以作威、馬融黨梁而黷貨、文舉傲誕以速誅、正平狂憨以致戮、仲宣輕脆以躁競、孔璋惚恫以麤疎、丁儀貪婪以乞貨、路粹餔啜而無恥、潘岳詭譎於愍懷、陸機傾仄於賈郭、傅玄剛隘而詈臺、孫楚狠（汪作很）愎而訟府、諸有此類、並文士之瑕累、文既有之武亦宜然古之將相疵咎實多至如管仲之盜竊吳起之貪淫陳平之汚點絳灌之讒嫉沿茲以下不可勝數孔光負衡據鼎而仄媚董賢況班馬之賤職潘岳之下位哉王戎開國上秩而鬻官囂俗況馬杜之磬懸丁路之貧薄哉然子夏無虧於名儒濬冲不塵乎竹林者名崇而譏減也若夫屈賈之忠貞鄒枚之機覺黄香之淳孝徐幹之沉默豈曰文士必其玷歟蓋人禀五材修短殊用自非上哲難以求備然將相以位隆特達文士以職卑多誚此江河所以騰湧涓流所以寸折者也名之抑揚既其然矣位之通塞亦有以焉蓋士之

此篇於文外補修行立功制作之體乃更完密

登庸以成務爲用魯之敬姜婦人之聰明耳然推其機綜以方治國安有丈夫學文而不達於政事哉彼揚馬之徒有文無質所以終乎下位也昔庾元規才華清英勳庸有聲故文藝不稱若非台岳則正以文才也文武之術左右惟宜郤縠敦書故舉爲元帥豈以好文而不練武哉孫武兵經辭如珠玉豈以習武而不曉文也是以君子藏器待時而動發揮事業固宜蓄素以弸中散采元作悉龔仲和改以彪外楩柟其質豫章其幹摛文必在緯軍國負元作

（賢龔改）重必在任棟梁。窮則獨善以垂文。達則奉時以騁績。若此文人。應梓材之士矣。

贊曰

瞻彼前脩、有懿文德、聲昭楚南、采動梁北、雕而不器、貞幹誰則、豈無華身、亦有光國、

梓材（書梓材若作室家既勤垣墉惟其塗塈茨若作梓材既勤樸斲惟其塗丹雘）韋誕（文章叙録韋誕字仲將太僕端之子魚豢嘗舉王阮諸人以問誕誕對曰仲宣傷於肥戇休伯都無格檢元瑜病於體弱孔璋實自粗疎文蔚性頗忿鷙）竊妻受金（司馬相如傳卓王孫有女文君新寡好音相如以琴心挑之文君竊從户窺心悅而好之恐不得當也夜亡奔相如相如與馳歸成都其後有人言相如使蜀時受金失官）嗜酒（揚雄傳雄家素貧嗜酒時有好事者載酒肴從游學）敬通（馮衍傳衍字敬

通顯宗即位人多短衍文過其實遂廢于家衍與婦弟書數婦之惡有云以室家之故捐棄衣冠心專耕耘以求衣食

杜篤〔後漢文苑傳〕杜篤居美陽與美陽令游數從請託不諧頗相恨令怒收篤送京師

班固〔班固傳〕大將軍竇憲出征匈奴以固為中護軍與叅議及竇憲敗固先坐免官固不教學諸子諸子多不遵法度吏人苦之

馬融〔馬融傳〕融為梁冀草奏奏李固又作大將軍西第頌以此頗為正直所羞論曰馬融奢樂恣性黨附成譏固知識能匡欲者鮮矣

文舉〔孔融傳〕融字文舉負其高氣志在靖難而才疏意廣後為曹操所殺

正平〔後漢文苑傳〕禰衡字正平少有才辯而氣尚剛傲後為黃祖所殺

傯侗〔廣韻〕傯侗不得志

詭譸〔晉愍懷太子傳〕賈后將廢太子詐稱上不和召太子置別室逼飲醉之使潘岳作書草若禱神之文有如太子素意因醉而書之令小婢以紙筆及書草使太子依而寫之后以呈帝廢太子也

傾仄〔陸機傳〕機好游權門與賈謐親善以進趣獲譏

賈郭〔郭彰傳〕彰賈后從舅也與賈充素相親遇賈后專朝彰與叅權勢賓客盈門世人稱為賈郭

詈臺〔傅元傳〕元轉司隸校尉謁者以弘訓宮為殿內制元位在卿下元恚怒厲聲色而責謁者謁者妄稱尚書所處元對百僚而罵尚書以下御史中丞庾純奏元不敬

訟府〔孫楚傳〕楚參石苞驃騎軍事初至長揖曰天子命我參卿軍事因此而嫌隙遂搆苞奏楚與吳人孫世山共訕毀時政楚亦抗表自理紛紜經年

管仲盜竊〔說苑〕鄒子曰管仲故成陰之狗盜也

吳起〔吳起傳〕起聞魏文侯賢欲事之文矦問李克曰吳起何如人哉李克曰起貪而好色然用兵司馬穰苴不能過也

讒陳平〔陳丞相世家〕絳矦灌嬰等咸讒陳平曰臣聞平家居時盜其嫂事魏不容亡歸楚歸楚不中又亡歸漢今日大王尊官之令護軍平受諸將金金多者得善處金少者得惡處平反覆亂臣也〔賈誼傳〕絳灌東陽矦馮敬之屬盡害之〔注〕絳灌周勃灌嬰也

孔光〔漢佞幸傳〕初丞相孔光為御史大夫時董賢父恭為御史事光及賢為大司馬與光並為三公上故令賢私過光光知上欲尊寵賢及聞賢當來也光警戒衣冠出門待望見賢車迺却入賢至中門光入閤既下車迺出拜謁送迎甚謹不敢以賓客鈞敵之禮賢歸上聞之喜

王戎〔王戎傳〕戎與阮籍諸人為竹林之遊戎嘗後至籍曰俗物已復來敗人意戎笑曰卿輩意亦復易敗耳後以平吳功封安豐侯南郡太守劉肇賂戎筒中細布五十端為司隸所糾帝雖不問然為清慎者所鄙

鄒枚〔鄒陽傳〕吳王濞陰有邪謀陽奏書諫吳王不內其言于是鄒陽枚乘嚴忌知吳不可說皆去之梁

黃

香〔後漢文苑傳〕黄香年九歲失母思慕憔悴殆不免喪鄉人稱其至孝太守劉護聞而名之署門下孝子香博學經典究精道術能文章肅宗詔香詣東觀讀所未嘗見書 徐幹〔魏志〕徐幹字偉長〔魏文帝書〕偉長懷文抱質恬淡寡欲有箕山之志可謂彬彬君子矣著中論二十餘篇成一家之業辭義典雅足傳於後 敬姜〔國語〕公父文伯退朝朝其母方績文伯曰以歜之家而主猶績懼干季孫之怒也敬姜歎曰昔聖王之處民也擇瘠土而處之勞其民而用之男女效績愆則有辟古之制也 敦書〔左傳〕晉侯蒐于被廬作三軍謀元帥趙衰曰郤縠可臣亟聞其言矣說禮樂而敦詩書 孫武〔孫子傳〕孫武以兵法見吳王闔廬闔廬曰子之十三篇吾盡觀之矣可以小試勒兵乎對曰可 弸中彪外〔揚子法言〕君子言則成文動則成德何以也曰以其弸中而彪外也〔注〕弸滿也彪文也 楩柟〔陸賈新語〕楩柟豫章天下之名木立則為大山衆木之宗仆則為萬世之用

序志第五十

夫文心者言為文之用心也昔涓子琴心王孫巧

讀歐陽子送徐無黨序又爽然自失矣

心心哉美矣故（一本上有夫字）用之焉（元脫按廣文選補）古來文章以雕縟成體豈取騶奭之羣言雕龍也夫宇宙緜邈黎獻紛雜拔萃出類智術而已歲月飄忽性靈不居騰聲飛實制作而已夫有（衍）肖貌天地稟性五才（一作行）擬耳目於日月方聲氣乎風雷其超出萬物亦已靈矣形同草木之脆名踰金石之堅是以君子處世樹德建言豈好辯哉不得已也予生七齡乃夢彩雲若錦則攀而採之齒在踰立則嘗夜夢執丹漆之禮器隨仲尼而南行旦而寤迺怡然而

喜、大哉聖人之難見也、乃小子之垂夢歟、自生人以來未有如夫子者也、敷讚聖旨、莫若注經、而馬鄭諸儒、弘之已精、就有深解、未足立家、唯文章之用、實經典枝條、五禮資之以成、六典因之致用、君臣所以炳煥軍國所以昭明詳其本源莫非（一作外）經典而去聖久遠文體解散辭人愛奇言貴浮詭飾羽尚畫文繡鞶帨離本彌甚將遂訛濫蓋周書論辭貴乎體要尼父陳訓惡乎異端辭訓之異宜體於要於是搦筆和墨、乃始論文詳觀近代之論文者多矣、至於（一作如）魏文述典、陳思序書、應瑒文論、陸機文賦、仲治流別、弘範翰林、各照隅隙、鮮觀衢路、或臧否當時之才、或銓品前修之文、或泛舉雅俗之旨、或撮題篇章之意、魏典密而不周、陳書辯而無當、應論華而疏略、陸賦巧而碎亂、流別精而少巧（梁書作功）、翰林淺而寡要、又君山公幹之徒、吉甫士龍之輩、泛議文意、往往間出、並未能振葉以尋根、觀瀾而索源、不述先哲之誥、無益後生之慮、蓋文心之作也、本乎道、師乎聖、體乎經、酌乎緯、變乎騷、文之樞紐亦云極矣若乃論文敘筆則囿（汪作品）別區分原始以表末釋名以章義選文以定篇敷理以舉統上篇以上綱領明矣至於割情析采（一作表）籠圈條貫摛神性圖風勢苞（一作包）會通閱聲字崇替於時序褒貶於才略怊悵（元作怡暢王性凝改）於知音耿介於程器長懷序志以馭羣篇下篇以下毛目顯矣位理定名彰乎大易之數其為文用四十九篇而已夫銓序一文為易彌綸羣言為難雖復（一作或）輕采毛髮深極骨髓或有曲意密源似近而遠辭所不載亦不勝

數矣及其品列（一作許）成文有同乎舊談者非雷同也勢自不可異也有異乎前論者非苟異也理自不可同也同之與異不屑古今擘肌分理唯務折衷按轡文雅之場環絡藻繪之府亦幾乎備矣但言不盡意聖人所難識在缾管何能矩矱（元脫許補）茫茫往代既沈（一作洗）予聞眇眇來世倘塵彼觀也

贊曰

生也有涯無涯惟智逐物實難憑性良易傲岸泉石咀嚼文義文果載心余心有寄

涓子文選注涓子齊人好餌朮隱于宕山著琴心三篇王孫漢藝文志王孫子一篇一曰巧心雕龍見諸子篇騶子注騰聲封禪文蜚英聲騰茂實飾羽見徵聖篇魏文魏文帝集有典論論文論方術陳思陳思王集與楊德祖書僕少小好爲文章迄至于今二十有五年矣然今世作者可略而言也應瑒應瑒集有文質論文賦陸機集有文賦流別見頌讚篇翰林隋經籍志翰林論三卷晉著作郎李充撰晉書李充字弘度江夏人歷官大著作郎注尚書及周易旨六論釋莊論二篇詩賦雜文二百四十首行于世傳中不言有翰林論而玉海引翰林論亦云弘範毛目子華子毛舉其目尚不勝爲數也鉼管左傳挈鉼之智注喻小智也莊子秋水篇是直用管闚天

男　登賢雲門

登穀春畬　校

文心雕龍卷第十

此書向乏佳刻少宰北平先生因舊注之闕略為之補輯穿穴百家翦裁一手既博既精誠足以為功于前哲嘉惠乎來兹矣培謙於先生為年家子屢辱以文字教督午秋過山左藩署蒙出全帙見示并命攜歸挍勘付之棗梨譾劣無能為役又良工難得遷延歲月而後告成匪茍遲之蓋重之而不敢輕云爾乾隆六年辛酉仲秋華亭姚培謙謹識

傳古樓景印

“四部要籍選刊”已出書目

序號	書名	底本	定價 / 元
1	四書章句集注（3 册）	清嘉慶吴氏刻本	150
2	阮刻周易兼義（3 册）	清嘉慶阮元刻本	150
3	阮刻尚書注疏（4 册）	清嘉慶阮元刻本	200
4	阮刻毛詩注疏（10 册）	清嘉慶阮元刻本	500
5	阮刻禮記注疏（14 册）	清嘉慶阮元刻本	700
6	阮刻春秋左傳注疏（14 册）	清嘉慶阮元刻本	700
7	楚辭（2 册）	清初毛氏汲古閣刻本	100
8	杜詩詳注（9 册）	清康熙四十二年初刻本	450
9	文選（12 册）	清嘉慶十四年胡克家影宋刻本	600
10	管子（3 册）	明萬曆十年趙用賢刻本	150
11	墨子閒詁（3 册）	清光緒毛上珍活字印本	150
12	李太白文集（8 册）	清乾隆寶笏樓刻本	400
13	韓非子（2 册）	清嘉慶二十三年吴鼒影宋刻本	98
14	荀子（3 册）	清乾隆五十一年謝墉刻本	148
15	文心雕龍（1 册）	清乾隆六年黄氏養素堂刻本	148

圖書在版編目（CIP）數據

文心雕龍 /（南朝梁）劉勰撰 ；（清）黄叔琳輯注． -- 杭州 ：浙江大學出版社， 2019.1 （2024.8 重印）
（四部要籍選刊 / 蔣鵬翔主編）
ISBN 978-7-308-18378-9

Ⅰ．①文… Ⅱ．①劉… ②黄… Ⅲ．①文學理論－中國－南朝時代②《文心雕龍》－注釋 Ⅳ．①I206.2

中國版本圖書館 CIP 數據核字（2018）第 147154 號

文心雕龍
（南朝梁）劉勰 撰 （清）黄叔琳 輯注

叢書策劃 陳志俊
叢書主編 蔣鵬翔
責任編輯 王榮鑫
責任校對 田程雨
封面設計 城色設計
出版發行 浙江大學出版社
（杭州市天目山路 148 號 郵政編碼 310007）
（網址：http://www.zjupress.com）
排　　版 杭州尚文盛致文化策劃有限公司
印　　刷 浙江海虹彩色印務有限公司
開　　本 880mm×1230mm 1/32
印　　張 13.25
字　　數 118 千
印　　數 2301—3100
版 印 次 2019 年 1 月第 1 版 2024 年 8 月第 4 次印刷
書　　號 ISBN 978-7-308-18378-9
定　　價 148.00 元

浙江大學出版社市場運營中心聯繫方式 （0571）88925591；http://zjdxcbs.tmall.com